PAULA TOYNETI BENALIA

O DIA EM QUE TE AMEI

DEUSAS DE LONDRES

LIVRO 1

1ª Edição

2018

Direção Editorial: **Revisão:**
Roberta Teixeira Kyanja Lee
Arte de Capa: **Diagramação:**
Gisely Fernandes Carol Dias

Copyright © Paula Toyneti Benalia, 2018
Copyright © The Gift Box, 2018
Todos os direitos reservados.
Nenhuma parte do conteúdo desse livro poderá ser reproduzida em qualquer meio ou forma – impresso, digital, áudio ou visual – sem a expressa autorização da editora sob penas criminais e ações civis.
Esta é uma obra de ficção. Nomes, personagens, lugares e acontecimentos descritos são produtos da imaginação da autora. Qualquer semelhança com nomes, datas ou acontecimentos reais é mera coincidência.

Este livro segue as regras da Nova Ortografia da Língua Portuguesa.

Dados Internacionais de Catalogação na Publicação (CIP)
Bibliotecária Responsável: Bianca de Magalhães Silveira - CRB/7 6333

B456

Benalia, Paula Toyneti
    O dia em que te amei / Paula Toyneti Benalia . – Rio de Janeiro: The Gift Box, 2018.
    241p. 16x23cm. (Deusas de Londres ; 1)

ISBN 978-85-52923-32-9

1. Literatura brasileira. 2. Romance. I. Título. II. Série.

CDD: B869.3

Deus me livre! Esta seria a maior infelicidade de todas!
Achar agradável um homem que decidimos odiar!
Não me deseje este mal!
— *Jane Austen*

Paula Toyneti Benalia

Para você, sempre a você, Alison, porque no dia em que te amei, minha vida mudou para sempre. E como você diz, o universo é muito pequeno para o nosso amor. Precisamos do universo X universo.

Paula Toyneti Benalia

Capítulo 1

"Algumas coisas estão escritas para acontecer. Por mais que se esquive, os olhares se cruzam, os sorrisos se tocam e, mesmo que o coração não saiba naquele instante, o dia para se amar está marcado para acontecer."

HELENA

Londres, 1801

Olhei para o lado e tentei endireitar a coluna. Não que eu estivesse em uma posição que me arruinaria, mas minha mãe acharia que sim.

"Helena, endireite essa coluna. Nenhum homem na face da Terra te achará desejável e adequada como esposa, se você se portar dessa maneira..."

"Helena, você come em demasia, parece um cavalheiro..."

"Helena, você ri absurdamente alto..."

"Helena..."

Eu sempre era inadequada, segundo minha mãe, para seus próprios propósitos. Nunca concordei, porém, tendo sido rejeitada nas últimas duas temporadas, comecei a pensar o contrário.

Depois de passar todos os bailes sentada, esperando por horas e com a caderneta de danças vazia, eu tive certeza: seria solteirona e teria que aguentar minha mãe pelo resto da vida dizendo o quanto eu era inadequada e como lhe dava gastos excessivos com vestidos que nunca seriam admirados.

Nesta noite, o de cor creme, em seda francesa, delicado e ornamentado por fitas e flores de tecido, talvez realmente não pagasse o investimento, como afirmaria meu pai, horas mais tarde.

Este era o primeiro baile oferecido em Londres na minha terceira temporada, e minha falta de postura condizia com meu desânimo. Estava enjoada de ficar escutando os comentários deselegantes das amigas da minha mãe. Estava farta dos olhares de pena das minhas amigas que já estavam casadas e com filhos no colo. Estava irritada com tudo, odiava o mundo e o que a sociedade me reservava.

O baile tinha um convidado especial que deveria chegar em breve, e os comentários sobre ele também me irritavam. Era comparado a um deus, tudo porque, segundo as línguas fofoqueiras, ele, o Duque de Misternham, escolheria uma esposa nessa temporada.

Eu sei, ele era um duque, herdeiro de um dos ducados mais antigos da Inglaterra. Contudo, *deus*? Ele era um ser humano, como todos os outros, que deveria sentir cócegas como eu e se alimentar como todo mortal. Além do que, diziam que ele já havia levado metade da população feminina de Londres para a perdição, destruindo casamentos, desonrando moças inocentes e levando homens a duelaram com ele pelo menos uma vez por semana. Então, como ele poderia ser comparado a um deus? Um homem tão mau e cheio de defeitos? Não sabia a resposta. Eu só tinha uma certeza: não olharia para ele e nem me atreveria a cruzar seu caminho. Não que ele fosse me notar, obviamente não tinha grandes expectativas quanto a isso.

Comecei a sorrir imaginando se ele não aparecesse. Todos estavam idealizando o momento em que ele entraria no salão. E eu, imaginando se chegasse o fim do baile e ele não comparecesse — o que realmente poderia acontecer. As caras pregueadas e murchas de todas as mães que sonharam com o momento, em que suas filhas poderiam ao menos arrancar um suspiro do duque.

Oh, céus! Eu teria outra crise de risos. Segurei os lábios apertados e fechei os olhos, controlando a respiração. Minha mãe não me perdoaria por isso. A última crise foi na mesa de jantar dos Bulivers, a família mais tradicional de Londres. O pensamento me trouxe outra ânsia e não aguentei, explodi em gargalhadas que ecoaram pelo salão.

Tentando me controlar, pisei na ponta do meu pé direito com o esquerdo. A dor deveria ser suficiente para me fazer chorar ao invés de rir.

Entretanto, deparei-me com um vazio no lugar onde deveria estar meu dedão. Eu sempre tive todos os outros dedos do pé muito maiores que o dedão. Meu pé era uma aberração. Minha irmã sempre dizia que quando um homem se casasse comigo e visse meu pé, me devolveria no mesmo instante. Então, outro espasmo e mais gargalhadas.

Procurei minha mãe pelo salão. Assim que visse seu olhar feroz, eu me acalmaria. Encontrei-a rapidamente conversando com algumas senhoras respeitadas e constatei que seu olhar não era dos melhores. Já o seu vestido, cor de abacate, não tinha lhe caído nada bem. Céus, se continuasse rindo dessa forma, não me casaria em nenhuma temporada e, com toda certeza, a minha estaria encerrada esta noite. Meu pai me colocaria de castigo no quarto, trancada, até a morte.

— A senhorita está bem? — Escutei uma voz grossa, única e perfeita para os meus ouvidos.

Antes mesmo que levantasse os olhos, eu já tinha parado de rir e minha pele estava arrepiada. E tudo por causa de uma voz!

Eu já sabia quem poderia ser o seu dono, sua reputação era famosa. Sua postura e seus modos podiam ser reconhecidos por todos e, mesmo que nunca tivesse colocado meus olhos nele, eu já sabia:

Duque de Misternham.

O novo deus de Londres, o devorador de damas inocentes, o destruidor de lares... E outros títulos que não consegui mentalizar na hora... *Oh, Deus!* Se sua voz já era assim...

Dei uma olhada nele e encontrei um par de olhos negros que combinavam perfeitamente com os cabelos mais negros que já tinha visto e o corpo mais... mais... Sim, ele era um deus da beleza, e me senti incapaz de respirar só de vê-lo. Alto, talvez com quase 1,90 m, com uma barba rente ao rosto que deixava seus lábios desenhados.

Me odiei e o odiei. Como podia proceder assim com alguém e se divertir com isso? Era visível um sorriso nos seus lábios. Ele estava se divertindo com o meu constrangimento. E era um sorriso pervertido e dissimulado.

Senti minhas bochechas queimarem e me lembrei que deveria estender minha mão para o cumprimento, já que ele esperava por isso.

Na verdade, ele nem deveria estar falando comigo, já que não tínhamos sido apresentados. Definitivamente, ele gostava de arruinar jovens inocentes.

Como teimosia sempre foi o meu forte, não lhe dei o gosto do cumprimento. Não porque corresse o risco de ser um escândalo — o simples fato de eu respirar já o era. Eu só não me renderia aos seus encantos. Meu corpo já o tinha feito, porém eu morreria antes de idolatrar um homem terrível como ele.

— Estou ótima! — respondi quando me achei capaz de falar. — Estou rindo. Isso deve ser um bom sinal.

— Não está mais rindo, senhorita. Suas bochechas estão coradas, no entanto, seu sorriso se aplacou. O tom dos seus lábios combina perfeitamente com sua pele nesse momento.

Abri a boca, inconformada com suas palavras indecentes. Eu queria dizer como ele era inadequado, arrogante e presunçoso, mas tudo o que consegui foi abrir a boca sem parar, feito uma vespa. Eu nem sabia se vespas tinham boca e se a abriam. Minha capacidade de raciocinar estava indo embora, junto com minha paciência.

— Me concederia uma dança na sua caderneta? — ele perguntou, estendendo as mãos.

— Nunca! Minhas danças estão todas prometidas aos verdadeiros cavalheiros presentes no salão.

— Então não devem existir cavalheiros em Londres, já que aposto toda minha fortuna que a sua está em branco. Ninguém te convidou para dançar, milady.

E, sem mais nenhuma palavra, ele se foi, me deixando com a sensação de ser a garota mais idiota de toda a Inglaterra. Definitivamente, eu me sentia uma vespa, um inseto esmagado por ele e por toda a sua arrogância.

CAPÍTULO 2

"Quando o ódio é a premissa do amor, ele nasce por caminhos tortos, seguindo caminhos incoerentes e loucos. Mas quando amar foi sano, racional? Se o foi, nunca foi amor."

(Diário de Helena, Londres, 1801)

HELENA

— Toda a temporada, Helena! Não tem discussão. Se eu a vir fora daquele quarto, a coloco em uma carruagem e você vai para a casa de campo por tempo indeterminado.

Senti meus olhos arderem de raiva, mas não chorei. Nunca! Eu nunca chorava. Não na frente das pessoas. Era minha ruína. O que eu faria no quarto pelo resto da temporada? Livros e mais livros eram a solução mais plausível.

— Posso me retirar, papai?

— Sim. Suba direto para o seu quarto. Já selecionei e mandei para lá os livros que você está autorizada a ler. Com toda certeza, são eles que estão fazendo você se tornar essa... essa...

Ele não completou a frase. Era aberração que ele queria dizer.

Meu pai é um homem ruim. Além disso, é ligado demais a todas as convenções sociais e, assim como minha mãe, achava-me uma perda de tempo e um gasto desnecessário de dinheiro.

Eu nunca seria uma dama perfeita e nunca teria o casamento perfeito que eles sonhavam para as filhas. Minha irmã, sim, era a perfeição em pessoa. Eu chegava muitas vezes a tocá-la para ter certeza de que era real e não uma boneca.

Fui para o quarto na certeza de que nada poderia ficar pior. Eu estava enganada, como sempre. Minha mãe me esperava e seu semblante não era nada agradável.

— Eu não sei mais o que fazer com você, Helena. Você me envergonha... — disse, me reprendendo com o olhar.

Eu queria gritar e dizer para ela que eu tinha um coração e essas palavras me magoavam. Não o fiz.

Assenti de forma contundente.

— Nessa temporada você está de castigo e não vou discutir os motivos com você. Já os sabe melhor do que ninguém. Na próxima, entretanto, ou você sai casada, ou então vai mofar na casa de campo Mosternao. Nem mesmo nós a visitaremos. Será esquecida para que lembre pelo resto dos seus dias que você nos envergonha.

Após despejar essas palavras, ciente de que me ferira, ela se virou e saiu batendo a porta. Me joguei sobre a cama e, mesmo querendo chorar até as lágrimas secarem, não me permiti.

Eu era forte, sobreviveria a tudo isso. Em algum lugar, o meu príncipe estaria me esperando e ele amaria cada um dos meus defeitos. Era assim nos livros, tinha que ser assim na vida real.

A semana seguinte tardou a passar. Eu dormia, acordava, lia, voltava a dormir, olhava pela janela para ver se o sol estava se pondo e dormia de novo. Todas as refeições eram trazidas ao meu quarto e eu mal tocava nelas. Meus pais não vieram me visitar e minha irmã também não se importou em me dizer um bom-dia.

Eu ia enlouquecer.

Escutei um barulho e fui correndo para a janela. Qualquer coisa era uma distração bem-vinda.

Uma carruagem elegante estacionou em frente a casa e não reconheci o brasão. Quando por fim um homem desceu, na mesma hora meu corpo se arrepiou. Era ele! O duque deus!

O que ele estava fazendo aqui? Só poderia ter vindo tratar assuntos de negócios com meu pai, mas estranhei mesmo assim. Meu pai não tinha negócios tão importantes que pudessem despertar o interesse de um duque. Ou então... Senti o ar faltar com o pensamento. Será que ele gostaria de cortejar a minha irmã? Não, isso não poderia acontecer.

Ela já era a perfeição em pessoa. Isso seria o meu fim! Se ela se casasse com alguém tão perfeito e poderoso, meu pai me mandaria para o campo no mesmo dia, só para evitar que o duque não desistisse da ideia devido à minha falta de jeito.

Perdida em meus pensamentos, não reparei que eu o encarava e ele retribuía o olhar. Um olhar que ultrapassou todas as minhas barreiras e me fez sentir coisas que eu nem saberia explicar.

Afastei-me correndo, afundando na cadeira. Um medo tomou conta de mim e abracei meu corpo, tentando controlar os tremores. Eu nunca fui muito de pedir coisas a Deus, mas nesse momento roguei a ele que se lembrasse de mim.

A conversa foi longa e, quando a carruagem saiu, já tinha anoitecido.

Se fosse o que eu tinha imaginado, em alguns minutos minha mãe entraria no quarto e contaria a novidade, me colocando sob sua sola de sapato com suas palavras cruéis.

Comecei a bater os pés desesperadamente e achei que fosse morrer quando escutei a porta do quarto se abrindo.

Não era minha mãe. Era meu pai!

— Helena, precisamos conversar.

As coisas eram piores do que eu pensava. A carruagem já devia estar me esperando. Era meu fim.

Levantei-me e o encarei. Ele estava sorrindo. Parecia feliz em se livrar da filha problemática.

— O Duque de Misternham está procurando uma esposa, você deve saber disso.

Assenti e contive a vontade de sair correndo só para não escutar meu veredicto final.

— Hoje ele me procurou e pediu a sua mão em casamento.

Meu mundo parou. Tive certeza de que tinha enlouquecido. O confinamento não estava me fazendo bem.

— Sente-se, vai ser melhor termos essa conversa com você acomodada.

— Eu não entendi. — Olhei para ele e ergui as sobrancelhas.

— Você vai entender, vou te explicar. Não que você precise entender alguma coisa. Você é mulher, Helena, e precisa aprender seu lugar na sociedade — ele resmungou. — Eu não sei quais são as motivações do duque, mas isso não importa. Ele quer se casar com você e ponto.

— Como as motivações dele não importam? E se ele for um assassino ou um louco? Como não importa? Ele não pisa em Londres há uma década, ninguém sabe onde ele estava ou o que andava fazendo.

Meu tom de voz não era calmo e discutir com meu pai não era o certo a fazer. Só que eram a minha vida e o meu futuro.

— O que importa é que ele vai se casar com você e me garantiu que só vai consumar o casamento e depois te deixar na casa dele, aqui na cidade. Não tem interesse em você como mulher, se é que você me entende. Ele nem mesmo quer um herdeiro. Você não terá dificuldades para sobreviver, ele tem várias propriedades e casas espalhadas. Vai manter distância.

Sobreviver? Era só isso? Eu seria privada de ser amada, condenada a uma existência infeliz, vendo meu marido colecionar amantes e proibida de ter filhos. Casada com um homem arrogante e prepotente, que se achava o dono do mundo e que me trataria como um objeto. Isso se tudo corresse perfeitamente bem e ele não me trancasse em casa até a minha morte.

Eu conhecia histórias de mulheres que foram abandonadas no campo e morreram doentes e sozinhas.

O mundo era cruel com as mulheres.

— Eu não vou me casar com ele. Você não pode me obrigar! — Minha voz saiu fria e com uma segurança que eu não sentia.

— Eu não estou te dando escolhas e nem pedindo sua permissão, Helena! — explicou ele. — Você vai se casar, e ele a quer amanhã. Vai conseguir uma licença especial e em dois dias estarão casados. Ele também não está disposto a festas ou eventos elegantes. Se prepare porque amanhã, assim que o sol raiar, ele estará aqui para levá-la. Você ficará livre do castigo. Isso já é um bom motivo para se casar — ele acrescentou, sorrindo com maldade.

— Preciso estar presente na cerimônia e dizer sim, papai. Isso ainda não mudou nessa sociedade mesquinha, na qual os homens regem com crueldade e esbanjam prepotência como se fossem deuses. Eu fugiria. Prefiro viver nas ruas, passar fome e ser submetida a qualquer tipo de violência, a ser condenada a uma vida dessas. Eu tenho o direito de escolher meu futuro.

— Aí é que você se engana. Eu espero não ter que demonstrar a você o quanto me pertence até ser do seu marido! — Observei o maxilar dele ficar rígido. — Isso, Helena, não é um aviso. É uma ameaça.

Continuei o encarando, tentando não demonstrar minhas fraquezas. Meu coração batia freneticamente e eu apertava meus punhos com tanta força que os nós dos dedos ficaram brancos.

Quando ele saiu marchando, fiz minha escolha. Eu fugiria esta noite.

Peguei algumas joias de maior valor e fiz uma trouxinha, escondendo-a dentro do espartilho. Seriam as únicas coisas que levaria.

Roupas seriam necessárias, mas dificultariam minha fuga.

Quando a casa por fim ficou em silêncio, abri a janela devagar. Eu precisaria fazer uma pequena descida até chegar ao andar de baixo. Seria difícil, mas não impossível.

Coloquei meus pés para fora e fechei os olhos, buscando fôlego. Me agarrei com todas as forças no parapeito da janela e procurei apoio para os pés na janela de baixo, que era do escritório do meu pai. Não encontrei nada.

Desesperada, tentei voltar para o quarto. Droga! Parecia tão fácil. Eu não conseguia voltar o pé para cima e meus braços começaram a perder a força. Com os pés soltos no ar, eu tive a certeza: era meu fim.

O estrondo foi forte o suficiente para acordar a casa e o tombo foi o bastante para me fazer gritar de dor. Meu braço direito estava torcido embaixo do corpo e eu sentia uma dor dilacerante.

Em segundos, os criados, meu pai, minha mãe e minha irmã estavam ao meu lado, olhando horrorizados.

— *Você ia fugir!* — meu pai gritou. — Agora vai conhecer a fúria de um homem, Helena!

Olhei-o vindo em minha direção, aterrorizada. Ele me puxou pelo braço e me ergueu.

— Não, papai, está doendo, espere!

— É melhor se acalmar, Márquez... — minha mãe implorou. Ela nunca me defendia, e eu estava fazendo algo que ela abominava, porém, ela sabia do que meu pai era capaz e veio em meu socorro.

— Não, Alice, dessa vez ela vai sentir o peso das consequências. Ela não vai mais nos envergonhar.

Minha mãe não discutiu. Minha irmã tapava a boca, segurando os soluços, e todos os criados já tinham se afastado.

Éramos eu e meu pai.

Ele me arrastou até o quarto, não se importando com meus gritos e apelos. Quando me jogou na cama, urrei. Eu tinha um braço quebrado com toda a certeza, já que a dor era insuportável.

— Tire o vestido, Helena. Agora!

Comecei a tremer, desesperada. Eu tinha que obedecer, mas não conseguia. Estava apavorada e minhas mãos tremiam tanto que não conseguiriam abri um botão sequer.

— Eu estou a cada minuto que passa perdendo um pouco mais da minha paciência. AGORA!

Quando não me movi, ele se aproximou e, retirando um canivete do bolso, cortou todo o meu vestido, me deixando somente com as roupas de baixo.

Ele queria me ferir ou, talvez, até me matar. Com todo o tecido da roupa, sua surra não teria o efeito esperado.

— Você vai olhar pra mim enquanto te bato. Se desviar os olhos ou chorar, vai apanhar em dobro.

Ele arrancou o cinto e pegou uma toalha. Tentei me levantar e fugir. Meu Deus, ele me mataria.

Suas mãos foram mais rápidas e ele me agarrou, me jogando na cama novamente. Tapou minha boca com a toalha e, com a outra mão, deu a primeira cintada.

Não sei quantas foram, não sei quanto tempo durou e, quando ele deu o último golpe, eu não sabia dizer o que doía mais.

— Amanhã, seu noivo vem te buscar. Uma palavra sobre isso, qualquer tentativa de fazê-lo desistir, será seu fim. Espero que tenha entendido! — ele disse com voz branda. Nada de gritos. Não tinha mais raiva, ele já tinha descontado tudo.

CAPÍTULO 3

"Se perder os sonhos, perdeu a vida. Precisamos deles para acordarmos todos os dias e termos uma razão para lutar. Deus, não me faça esquecer os meus pelos caminhos..."

(Diario de Helena, Londres, 1801.)

HELENA

Sem conseguir me mexer, fiquei jogada na cama, esperando ao menos uma criada para me socorrer.

Ele não tinha machucado meu rosto. O bom e digno Márquez, como todos diziam, sabia que precisava de um belo rosto para manter o casamento. Mas o restante do meu corpo estava marcado. Espalhado por todo o lençol, sangue que eu nem tinha consciência de onde surgia.

Meu corpo não importava, já que eu serviria só por uma noite. Fiquei aterrorizada com a lembrança.

Nunca me esqueceria do dia em que uma das minhas amigas chegou chorando ao meu quarto, depois do casamento, e contou a dor que sentiu, a humilhação e os tapas no rosto que levou do marido quando reclamou.

Isso não era amor. Não era assim que eu sonhava.

Sonhos? Eu tinha bastante, minha mente vivia recheada deles.

Agora, estava impossibilitada de fugir, esperando o meu destino final. Fiquei variando na cama, lembrando do que aconteceu e do que viria. Nem assim me permiti chorar.

Depois disso, apaguei.

— Vamos ter que colocá-la na banheira com ervas e sais. Ou então, quando o duque chegar, não terá noiva para levar! — escutei alguém falar ao longe.

Demorei para me lembrar de tudo o que tinha acontecido. Abri os olhos lentamente.

Minha mãe e mais duas criadas preparavam a banheira.

Meu corpo estava moído. Eu não saberia dizer onde não doía. Já meu coração estava em pedaços. Eu tinha perdido meus sonhos, e eles eram tudo que me restavam.

— Você acordou. Tente se levantar, Helena! — minha mãe pediu, se aproximando do meu campo de visão.

— Não consigo — sussurrei.

— Seu pai vai vir aqui se você não se apresentar na sala em uma hora.

— O que ele pode fazer, mãe? Me matar? Eu acho um destino muito mais digno para minha vida.

— Mulheres não podem ter dignidade diante dos seus donos... — ela respondeu com orgulho.

— Eu não tenho dono. Não sou um objeto! — disse com a força que me restava.

— Andem, me ajudem a colocá-la na banheira. Se não por conta própria, vai ser à força.

Como um vegetal, deixei que terminassem de tirar minha roupa. Apoiando em meus braços, as três me arrastaram até a banheira.

Quando a água salgada entrou em contato com meus ferimentos, gemi. Ninguém pareceu se importar. Estavam todos ocupados demais correndo contra o tempo. Tinha um duque me esperando. E ele era considerado um deus.

Odiei-o. Muito mais que a meu pai, porque ele foi o responsável por acabar com tudo na minha vida. Meu pai era o meio para isso, mas ele mostrou o caminho para meu fim. Eu o odiaria enquanto meu coração batesse. Faria questão de me lembrar a cada batida que eu precisava odiá-lo.

Ele estava roubando tudo que ainda me restava. Eu faria de tudo para envergonhá-lo quando pudesse, para acabar com aquela postura prepotente, destruir sua reputação.

Quando me tiraram do banho e me vestiram de seda para cobrir todas as marcas deixadas por meu pai, eu tinha um novo propósito na vida.

Eu estava no inferno e levaria o duque de Misternham comigo.

Minha tarefa seria fazer ele odiar a si mesmo por um dia ter me escolhido. Fosse qual fosse o motivo que tenha tido para isso, ele se odiaria por um dia ter me conhecido!

Paula Toyneti Benalia

CAPÍTULO 4

"Palavras afiadas são um dom dos homens. As mulheres foram reservadas para a beleza. Que eu nunca encontre as duas coisas juntas. Isso seria o meu fim."

(Anotações de George, Bruxelas, 1799.)

GEORGE

Eu me senti feliz, realizado, como não me sentia há muitos anos.

Quando coloquei meus pés naquele salão de baile, eu tinha um único intuito: escolher minha noiva.

O ambiente era totalmente inadequado para o que eu almejava, mas precisava ocupar meu lugar tão esperado na sociedade, já que não tinha feito isso depois de herdar o ducado.

Talvez por um milagre divino, lá estava ela. Como se, por capricho do destino, tivesse sido colocada no meu caminho. Escutei sua gargalhada antes mesmo de colocar os olhos em sua aparência de anjo. Sim, naquela noite, aquela mulher parecia um anjo com seus olhos azuis, os cabelos presos em cachos de um castanho dourado que refletia as luzes das velas e, mesmo com o vestido de cor apagada, continuava linda. O rosto fino e de traços delicados não condiziam com sua postura.

A sociedade cobra uma postura das damas e quem não a cumpre

com primor está fora do jogo, como uma carta de baralho sem valor que é descartada sem nenhum remorso.

A imagem de Susan saindo de casa, arrastada por um lacaio, ainda é muito vívida na minha memória, mesmo fazendo mais de vinte anos que aquilo aconteceu.

Susan já era imprestável para os meus pais desde o dia em que nasceu. Meu pai precisava de um herdeiro para o ducado e minha mãe era a peça fundamental para isso. Na verdade, essa era sua única utilidade na vida do meu pai, um duque arrogante que humilhava seus inferiores e maltratava os funcionários.

Quando minha mãe engravidou, ela estava feliz porque estava cumprindo fielmente seu papel de boa esposa... Até chegar o dia do nascimento de Susan e ela não ser um menino.

Os lacaios me contaram que, quando meu pai entrou no quarto e ficou sabendo do infeliz fato, cuspiu na pequena Susan e deu um tapa na face da minha mãe.

Meu pai amaldiçoou a criança, que considerou imprestável, ainda nem tivesse aberto os olhos.

Nos anos que se seguiram, a duquesa de Misternham tentou engravidar novamente, porém, com um destino não muito generoso, suas tentativas foram infrutíferas.

Susan foi deixada em uma ala da casa onde era cuidada por uma babá que se tornou sua preceptora. Como uma leprosa, ficou à margem de uma sociedade que, defensora da boa estirpe, se esqueceu rapidamente dela.

Depois de oito anos de tentativas, minha mãe, já cansada de tanto ser agredida pelo duque, estava grávida novamente. Meu pai deixou um aviso claro: ou nascia um menino, ou ele daria um jeito de provocar sua morte e encontrar uma duquesa à altura.

Minha mãe acreditou. Ela sabia que o duque nunca blefava.

Como ela não tinha escolha, aguardou pacientemente por sua sentença.

Quando vim ao mundo, libertei minha mãe e condenei minha irmã. Sem nenhuma serventia, ela seria uma péssima influência para o pequeno duque. Não me deixaram vê-la sequer uma vez. Porém, como todo bom garoto arteiro, eu descobri o esconderijo de Susan e, mesmo sem compreender o significado da palavra proibido, aos cinco anos de idade eu sabia que não poderia contar que a tinha visto.

Todos os dias visitava aquele anjo de cabelos ruivos, brincávamos e nos divertíamos. Os momentos mais felizes do meu dia eram estar com a minha irmã.

Não sabia o que era a palavra amar até conhecê-la. Meu pai e minha mãe se preocupavam exclusivamente com a minha educação para o futuro ducado, um peso que eu já carregava como um fardo às costas.

Nunca tinha sido abraçado, mimado ou recebido qualquer outra demonstração de afeto. Eu conhecia a punição. Sempre que fazia algo errado, as surras que levava marcavam meu corpo, para que nunca esquecesse do meu lugar no mundo.

Susan me apresentou o amor. Ela era doce e compartilhávamos o segredo de termos um ao outro. A babá era nossa cúmplice.

Mas os anos se passaram e Susan se tornou uma bela mulher que não se contentava mais com a prisão a que era submetida. Conheceu um dos lacaios que lhe ofereceu algumas migalhas de amor e que, ao descobrir que tinha engravidado a filha indesejada de um duque, fugiu temendo ser morto.

Com cinco meses de gravidez, sabendo que não poderiam esconder uma criança dentro da mansão, a babá apelou para que minha mãe tivesse compaixão da filha. Só que compaixão não era uma palavra que existia no vocabulário da duquesa.

Com nove anos, vi minha irmã ser arrastada para fora de casa pelos cabelos. Dois lacaios do meu pai faziam o serviço sujo, enquanto ele e minha mãe assistiam à cena com nojo do que tinham criado. Na varanda do meu quarto eu chorava, em prantos por não poder defendê-la. A surra seria demais para o meu corpo, eu tinha consciência disso.

Naquele dia, eu jurei que eles pagariam por isso e que, quando me tornasse duque, eu a encontraria. Susan partiu carregando consigo a única parte do meu ser. Ela levou meu coração e o significado da palavra amor.

O duque morreu antes que eu tivesse idade suficiente para me vingar, levando a promessa da minha mãe de que faria de mim o duque mais honrado da face da terra, além de garantir que a minha duquesa seria a mais perfeita de Londres e que manteríamos a linhagem impecável.

Ela só esqueceu de me consultar.

Dependendo de mim, a duquesa seria a mais imprópria e a linhagem morreria comigo.

O maior propósito da minha vida, além da vingança, era encontrar Susan. Até a barba, imprópria e inadequada ao título, era ostentada para alimentar meu ódio. Eu passei os últimos dois anos rodando por vários países, mas nunca encontrei nenhuma pista. Eu temia que ela não tivesse sobrevivido.

Helena era a perfeição em pessoa. Nunca tinha encontrado olhos mais incríveis ou uma boca mais desejável. Isso seria bom para a consumação do casamento. Eu desejava estar com ela na cama.

E o restante vinha como prêmio maior. Ela seria o escândalo de todas as festas, porque o simples fato de respirar parecia que viria acompanhado de algum desastre ou vexame.

Antes de pedi-la em casamento para o pai, me informei e garantiram de que não havia em Londres uma dama mais imprópria. O velho asqueroso não conteve o sorriso com minha proposta e disse que dobraria o dote, caso eu garantisse abandoná-la em alguma das minhas casas de campo.

Ele não se importou em perguntar sequer se eu alimentaria a filha. Ele era sujo, como todo o restante da sociedade.

Ajeitei a gravata enquanto esperava na sala a minha noiva descer. Não foram necessárias promessas de amor ou mesmo ouvir da sua boca se ela desejava a união. Casamento era um contrato onde só uma das partes se satisfazia: os homens.

Eu não me importava. Desde que ela levasse suas lágrimas para longe dos meus olhos e não me incomodasse, eu cuidaria para que tivesse joias e vestidos que lhe agradassem.

Na verdade, nunca me importava. Gostava das mulheres para me satisfazer e depois as descartava. Nunca me importei se eram casadas, inocentes ou depravadas, todas tinham o mesmo valor. Eram um corpo que trazia alívio para os meus desejos, nada mais.

Olhei para a escada quando escutei passos. Ela descia vagarosamente, amparada pela mãe, como se doesse andar.

Não parecia feliz em se casar com o duque mais desejado de Londres.

Nossos olhos se encontraram e pude ver o ódio ali. Por trás das safiras incríveis, encontrei o que via no espelho todos os dias: desamor.

Desviei do seu olhar para me aproveitar da visão que era seu corpo perfeito, escondido por camadas de seda pura. Em breve, eu retiraria cada peça com a boca.

Senti o desejo pulsar. O casamento seria consumado, aplacaria minha vontade, e eu poderia seguir em frente sem problemas. Ela seria uma peça de tabuleiro que eu levaria por onde me fosse útil.

— Bom dia, milorde! — A mãe se curvou em reverência. Olhou para a filha, esperando o mesmo comportamento, que não aconteceu.

Era um insulto não se reverenciar um duque. Helena não se importava, boa menina.

Sorri para as damas.

— Acho que não são necessárias mais palavras. Tudo já foi acertado. Podem mandar a bagagem da dama para a minha carruagem. Já vamos partir.

— Não gostaria de tomar uma bebida conosco? — Márquez, o pai dela perguntou.

— Não, obrigado. Não tenho tempo para formalidades. Assim que a senhorita for estabelecida em alguma residência, mandarei uma mensagem para que possam visitá-la quando desejarem.

Estendi a mão, pedindo que ela me acompanhasse. Eu não queria prolongar a visita mais que o necessário.

Esperei que os criados ajudassem Helena a subir na carruagem, o que ela fazia com dificuldade. Qual era o problema? Ela parecia bem saudável no baile. Com toda certeza estava fazendo uma cena para que os pais desistissem. Quando entrasse na carruagem, começariam as lágrimas.

Irritado, entrei depois dela e nem me dei ao trabalho de me despedir dos que ficavam.

Sentada com uma postura que beirava o desconforto, ela olhava para fora da carruagem, mas para o lado oposto da sua casa.

— Quer mais tempo para se despedir? — perguntei, tentando ser um pouco humano.

— Não há necessidade. Minha partida será comemorada e minha ausência, despercebida.

As palavras carregadas de mágoa fizeram com que uma pontada de tristeza me incomodasse. Ditas sem olhar para mim, eram como se ela estivesse tentando absorver a dura realidade.

— Cuidarei bem de você, Helena, se é esse o seu receio! — disse, tentando aliviar sua ansiedade.

Eu nem sei por que me importava, mas neste instante me pareceu o certo.

— Eu imagino que sim, assim como cuida dos seus cavalos. Bem alimentados e respirando os ares do campo. Sempre ao seu dispor. Que honra me dá, milorde.

Suas palavras cruéis foram despejadas com ira. Seus olhos encontraram os meus e fiquei sem palavras diante da atitude inesperada.

— Você não é um cavalo, milady. Mas talvez eu tivesse mais apreço se fosse. Cavalos não reclamam.

Não era bem o que gostaria de ter dito à minha noiva na véspera do nosso casamento. No entanto, se ela resolvesse bater de frente comigo, precisaria entender que estava lidando com alguém que tinha experiência em crueldade. Tivera os melhores professores.

Que Deus a ajudasse se resolvesse se impor diante de minhas ordens.

Capítulo 5

"Que meu destino seja amar, nunca odiar; que meus olhos encontrem o que buscam por tanto tempo; que na primavera eu encontre flores e não espinhos; que os sorrisos sejam correspondidos, as lágrimas encontrem um lenço e o abraço, um aperto. Este é o meu desejo: ter um amor."

(Diário de Helena, Londres, 1798.)

HELENA

Não teve um abraço, um adeus e nem uma lágrima fingida. Assim foi a minha despedida de casa.

Um alívio para a minha família.

Para o duque, entretanto, estava claro que eu seria um fardo. Por que me escolher, então? Eu descobriria.

Meu corpo estava latejando de dores, pude sentir a temperatura começar a se elevar. Se tivesse uma febre no caminho, era bem capaz que ele me jogasse para fora da carruagem em movimento.

— Consegui uma licença especial, um padre bondoso, uma igreja abandonada e algumas testemunhas sem importância. Vamos nos casar hoje mesmo! — ele anunciou despretensiosamente.

Uma tontura quase me fez cair do banco. Eu teria que me entregar a ele hoje, sem ter ideia do que um casal fazia na cama, a não ser pelos relatos de algumas amigas que se casaram e choraram ao se lembrar da noite de núpcias. O choro não fora de alegria!

Meu corpo não estava em condições de receber mais punições. Meu Deus, o que eu faria?

O silêncio na carruagem era constrangedor. Continuei olhando para as ruas de Londres, evitando seu olhar. Eu podia senti-lo sobre mim.

A febre estava chegando com força. Tinha dificuldade para controlar os tremores. Cruzei os braços para me aquecer e esconder minhas mãos trêmulas.

— Você sabe que terá que dormir essa noite comigo, para validarmos o casamento, não sabe? — perguntou ele por fim, quebrando o silêncio.

— Eu do-dormirei com Vossa Graça um-uma única noite... — minha voz me traía e eu estava tremendo compulsivamente — para validar o casamento, já fui avisada disso.

— Ótimo. Que bom que já sabe do acordo que fiz com seu pai. É tedioso dormir com a mesma mulher por mais de uma noite. Vocês são enjoativas.

Aproveitei suas palavras cruéis e olhei bem para ele. Eu precisava gravar isso na minha memória, para que a sua beleza, que era incomparável, não encontrasse lugar no meu coração. Por dentro, o duque era um monstro.

— Se está tremendo por medo, fique tranquila. Geralmente todas gemem de prazer quando estão por baixo.

As palavras baixas me fizeram corar. Arrogante!

— Tenho certeza de que serei inesquecível para o senhor. Nenhum gemido há de sair da minha boca. Você me enoja.

Um sorriso malicioso se abriu nos seus lábios perfeitos.

— Sou um ótimo apostador. Quer fazer parte de uma aposta?

— E o que seria? — perguntei mordendo a isca.

— Se você gemer uma única vez, eu venço.

— E qual seria o meu prêmio se você perder a aposta?

— Deixo você escolher o que quiser como prêmio. Assim como escolho o meu.

— Qual se-seria? — Eu não sabia mais se gaguejava de frio ou de vergonha pelo que imaginava viria a seguir.

— Vou aproveitar meus privilégios de marido e te possuir em cima do tapete persa da minha sala de estar.

Senti o ar faltar dos meus pulmões. Meu sangue, que já fervia pela febre, parecia prestes a entrar em ebulição.

Sem me deixar abater, continuei:

— Achei que ter uma mulher mais de uma vez na sua cama era enjoativo.

— Na verdade, será uma vez na cama e outra no tapete! — Ele piscou o olho, como se tivesse matado uma charada.

Odiei-o! Por me irritar, por ficar mais lindo quando piscava maliciosamente, por não se importar com nada além do meu corpo....

E me odiei por pensar tudo isso.

Eu sonhava em como seria o corpo de um homem debaixo de todas aquelas roupas. Os livros me davam alguma noção do que acontecia na cama de um casal; mesmo o mundo real me provando que nada de bom poderia surgir daquilo, eu sonhava com o amor e que este tornaria tudo diferente.

Então o odiei ainda mais por roubar todos os meus sonhos.

A carruagem parou e a porta se abriu, nos livrando daquela discussão infundada.

George desceu, estendo as mãos para me auxiliar.

Eu descobri que andar não era mais possível. Meu corpo não me obedecia. Arqueada dentro da carruagem, eu não conseguia dar os passos.

— Não adianta você começar a se fazer de doente. Não me comovo com dramas, Helena! — ele disse, irritado.

Eu precisava de energia para lutar. Movida por uma força chamada vingança, consegui dar alguns passos. Meu único sonho de casamento com George era transformar sua vida em um inferno.

Tentei descer sem pegar na sua mão. Quase caí e fui amparada por ele.

— Aiii! — Acabei deixando escapar um gemido de dor quando meu corpo encostou no dele. Só o peso do vestido já estava me fazendo sofrer pelas feridas.

— Já arranquei gemidos seus na porta da igreja. Acho que a aposta é minha — ele se gabou, sem conseguir olhar além do próprio nariz e ver que eu estava machucada. — Você deve estar com dores por ter ficado sem se mover dentro da carruagem. Parecia uma estátua! — ele completou.

Não respondi. Resolvi ficar quieta pelo resto do dia.

A cerimônia foi rápida. Nada de promessas, amor ou beijos. A única coisa que precisei fazer foi dizer sim.

Quando fui colocada novamente dentro da carruagem, agora como uma duquesa, eu não tinha mais forças nem para respirar.

Todo meu corpo estava desistindo. Meus olhos me traíam, querendo se fechar, e os tremores aumentavam. Eu nem me importava mais em esconder meu mal-estar.

Pela primeira vez desde que o noivado foi anunciado, eu ansiava por minhas núpcias. Ansiava por uma cama, não importando a que custo ela viria.

— Helena! Helena! — escutei George me chamando.

Vinha de tão longe sua voz. Será que ele estava me deixando?

— Não pode me jogar para fora... da-da carruagem... — murmurei. Falar estava ficando difícil. Minha língua pesava... — Sou uma duquesa agora.

— Pelo amor de Deus, você está ardendo em febre. Por que não me disse?

Sem muito jeito, senti quando seus braços apoiaram meu corpo.

— Vo-cê estava um pouco irritado... Vou ficar bem, meu mestre, milorde, meu dono... precisa me dizer como quer que o chame... — As palavras confusas me davam a sensação de estar delirando.

— Pare com isso. Vai ficar tudo bem. Vou cuidar de você.

— Como um cavalo... Certo?

Pensei na ironia da vida. Até no dia do meu casamento eu daria um perfeito escândalo. Sem modos, doente, imprestável.

O destino tinha sérios problemas com a minha existência.

Tudo que pude pensar antes de apagar foi que talvez eu gemesse na cama, sem querer, e George ganharia a aposta.

Eu estava doente, não teria controle quando ele me possuísse. Apaguei sonhando com um tapete persa.

Capítulo 6

"Um duque nunca perde a compostura, nunca deve mostrar suas fraquezas ou se acovardar. Isso está na sua essência. Na verdade, não como duque, mas como homem. Não importam as circunstâncias, sejam elas por uma mulher ou em caso de vida ou morte."

(Anotações de George, Paris, 1800.)

GEORGE

Se eu realmente tinha um coração, ele quase parou quando Helena desfaleceu nos meus braços.

Desesperado, bati no coche para que fosse mais rápido. Em poucos minutos estávamos em frente à mansão Hasprind.

Peguei-a nos braços e desci rapidamente. De olhos fechados, parecia um anjo, tão frágil.

Ignorei o pensamento, entrando como um furacão em casa. Todos os criados me olharam com estranheza, sem entender.

— Busquem um médico, urgente. Vou acomodá-la no quarto. Preparem a banheira se for necessário e não avisem à minha mãe sobre a nova hóspede.

Meu desejo era esfregar na cara da minha mãe o casamento. Ela não tinha ideia de que tinha me casado, muito menos com Helena. No entanto, na atual circunstância, eu não precisava dela me atrapalhando ou fazendo cenas histéricas.

Subi as escadas, quase tropeçando nos próprios pés.

— Você não pode morrer agora, minha duquesa. Não vou deixar.

Não era só um apelo, era uma promessa.

O receio de talvez a perder me trouxe um mal-estar inexplicável.

— Vamos, abra os olhos, Helena.

Deitei-a na cama e tirei seus sapatos para deixá-la mais confortável. Não pude deixar de reparar nos seus dedos totalmente disformes. Sorri. Ela era um escândalo desde os pés.

Imaginei como seria beijar aqueles dedos. Eu a desejava.

Sem entender qual era o meu problema, desejando uma mulher quase morta, peguei uma toalha umedecida que um dos empregados trouxera e coloquei sobre sua testa, na tentativa de diminuir a temperatura.

De onde vinha essa febre?

Desesperado, pedi que todos saíssem do quarto e comecei a tirar as camadas de vestido que a cobriam.

Deixando-a só com as roupas de baixo, notei, horrorizado, várias marcas de sangue que faziam com que o tecido se grudasse ao seu corpo. O que acontecera? Como ela tinha se machucado dessa forma? Por que não dissera nada?

Meu Deus, ela está toda ferida e não percebi nada. Me senti o pior dos homens imbecis.

A espera pelo médico foi uma angústia que nunca mais desejava sentir. Minha testa suava, como se a alta temperatura do seu corpo estivesse afetando todo o ambiente.

Escutei passos apressados se aproximando.

— Ah, graças a Deus... — Levantei-me quando o médico abriu a porta do quarto. — Não sei o que houve, mas ela está toda machucada.

Estarrecido, voltou-se para Helena na cama, em seguida me crucificou com o olhar.

— Deveria ter considerado que as damas são frágeis, Vossa Graça! — disse, fazendo uma leve reverência.

— Ah, não... eu nunca... eu... — Estava gaguejando, como um garoto covarde. O homem poderoso tinha se perdido complemente diante daquela dama.

Respirei fundo, me recompondo.

— Não lhe interessa como a dama se feriu. Faça com que ela se sinta melhor. Agora! — disse rudemente. — Esta é uma ordem.

— Claro, Vossa Graça.

Desviei o olhar quando ele se aproximou, analisando as feridas por cima do tecido. Não sei se o fiz por odiar vê-la ferida ou por ver os olhos de outro homem em cima da minha mulher.

Passei as mãos pelos cabelos, perdido. Todos os meus planos estavam fugindo do meu controle. Não era assim que seria. Eu levaria Helena para a cama, esqueceria de tudo e faria sexo com ela, algo carnal, cheio de desejo e nada de amor. Depois, a apresentaria à minha mãe e compareceria a todos os malditos bailes e festas para os quais tinha sido convidado.

Envergonharia minha mãe de todas as formas e, quando tivesse o suficiente da minha vingança, colocaria Helena em uma carruagem e a mandaria para alguma casa de campo, onde seria bem tratada e esquecida por mim.

O problema é que nada estava caminhando como planejado.

Após alguns instantes, o médico cujo nome nem me dei ao trabalho de saber, resmungou, me tirando dos meus pensamentos.

— Vou providenciar uma compressa com ervas, que deve ser colocada sobre os ferimentos. Creio que será o suficiente para diminuir a infecção e, consequentemente, a febre.

Assenti sem saber como agradecer. Percebi que somente então voltei a respirar normalmente. Não tinha nada de anormal comigo, só estava aliviado porque aquela mulher era minha responsabilidade e meu instrumento de vingança.

Só isso.

Nada mais que isso.

Aliviado pela constatação, saí do cômodo dando ordens para que os criados seguissem todas as orientações do médico.

— Só me chamem quando ela acordar! — ordenei.

Fui para o meu quarto, que ficava ao lado, olhando para a porta de comunicação que me ligava ao quarto de Helena. A frustração tomando conta do meu corpo, que, exaurido pelo longo dia, esperava pelo alívio com a mulher que era minha por direito.

Mais frustrado ainda por perceber que o bem-estar dela importava tanto. Me servi de um gole de uísque e esperei. Não sei se entraria mais naquele quarto. Pediria que me dessem notícias e manteria distância.

Aquela mulher estava me afetando. Isso era inadmissível.

A distância seria a forma ideal para esfriar todas as coisas do meu corpo.

Assim como o dia, a noite foi infernal. Trancado no meu quarto, recebia notícias de hora em hora. O sono, que nunca era um bom amigo, decidiu se esvair por completo.

Quando os primeiros raios de sol adentraram a janela, levantei como um furacão, irritado e frustrado.

Chamei uma das serviçais que cuidaram de Helena para saber as últimas notícias.

— Lady Helena está melhor, um pouco indisposta, mas sem febre. O chá foi servido no quarto e ela disse que aguarda o senhor.

— E minha mãe? — perguntei preocupado.

— Como foi ordenado, ela não sabe da nova hóspede e está à espera do senhor para o desjejum.

— Obrigado, pode se retirar.

Depois de uma pequena mesura, fui deixado a sós com meus pensamentos.

O que ela desejava falar comigo? Eu, sim, tinha coisas a lhe dizer.

Apressado, fui até o seu quarto; entrei sem bater ou ser anunciado.

— Bom dia — disse, tentando não me comover com sua aparência pálida e apática —, espero que esteja se sentindo melhor.

Sentada na beirada da cama, usando um simples vestido verde rendado, sua beleza impressionava mesmo na atual condição.

— Gostaria de me desculpar, meu lorde. — Ela levou a xícara de chá até a boca, tentando esconder seu constrangimento, que não me passou despercebido. — Nunca mais vai se repetir. Até à noite devo estar melhor para cumprir com meus deveres.

— Eu sei que está ansiosa — brinquei, tentando ser simpático antes do que viria a seguir —, mas a quero bem recuperada. Não tenho pressa — completei, obviamente mentindo. Eu tinha pressa.

Suas bochechas coraram, deixando-a mais linda, se é que isso era possível.

— Helena, quero que me diga como se machucou dessa forma.

Depositando a xícara de volta à bandeja, cruzou os dedos e começou a apertá-los em sinal de nervosismo.

— Já estou bem, isso que importa.

— Eu lhe fiz uma pergunta. E minhas perguntas são ordens! — exclamei rudemente.

Ela baixou o olhar e notei imediatamente como as palavras a magoaram.

— Desobedeci a meu pai e fui punida.

A ira tomou conta do meu ser e precisei me controlar para não quebrar a primeira coisa que encontrasse pela frente. Maldita sociedade hipócrita.

— A partir de hoje, está proibida de visitar sua família e eles só entram nessa casa sob minha ordem. Entendido?

Seus olhos se levantaram, cruzando com os meus. Jurei ver fogo dentro deles.

— Você não é meu dono.

— Sim, amada esposa. Sou seu dono.

— Eu não sou sua amada. Sou a nova égua que você adquiriu. Satisfeito?

Seu tom de voz era ameaçador e isso a deixava maravilhosa. A vontade de beijar aqueles lábios me fez esquecer por um minuto qual era o seu papel na minha vida.

— Ficarei satisfeito quando você se comparar a um bom e adestrado cavalo. E quando cumprir seu dever de esposa.

Saí do quarto sem olhar para trás, ou acabaria agarrando aquela mulher naquelas condições. Inferno!

Paula Toyneti Benalia

CAPÍTULO 7

"Os livros já diziam que o amor deve ser perfeito, nunca premeditado ou não correspondido, ou então traria sofrimento à alma. Quando o meu chegar, ele será avassalador e eu saberei que é amor, porque não me fará sofrer, somente amar."

(Diário de Helena, Londres, 1800.)

HELENA

Meu sangue fervia de ódio por aquele homem que, assim como meu pai, se achava acima de todos, o deus das mulheres, o soberano do mundo. Ele não me conhecia!

Precisava me recuperar logo e, então, ele se arrependeria de vestir calças e ter se casado comigo.

Ah, que sensação boa a da vingança! Abriu até meu apetite. Comi quase tudo que foi servido no quarto.

Voltei para a cama depois disso. Por mais que me esforçasse, meu corpo não correspondia aos estímulos.

George não apareceu nos dez dias seguintes e minhas feridas cicatrizaram e a febre foi embora. Prisioneira dentro do quarto, criados me vigiavam e tinham ordens para não me deixarem sair. A cada minuto que era mantida ali, só conseguia pensar em tudo que faria para destruir a imagem daquela família. Começaria na noite de núpcias. George esperava a moça recatada, a boa e envergonhada esposa. Ele já teria uma prévia do que encontraria no caminho.

Uma vez, escutei em uma roda de fofocas — em um dos muitos bailes nos quais me escondia, entediada com tantas conversas chatas, sorrisos falsos e mulheres caçando maridos — que, dentro de um quarto, uma boa esposa nunca fazia barulhos, nunca devia se desnudar com as velas acesas e de maneira alguma tocar no marido. Isso era considerado papel das amantes. O escândalo de Helena!

Uma das criadas entrou no quarto, sem saber direito como agir. Ao que tudo indicava, deveria seguir ordens de George e não estava conseguindo colocá-las em prática.

— Quer me dizer alguma coisa?

— Sim, milady — disse constrangida —, o duque mandou informar que vem visitá-la esta noite e que espera que esteja preparada para recebê-lo como lhe é devido.

As palavras a fizeram corar, assim como a mim.

— Diga ao duque que honro com meus compromissos, e que a égua que comprou para uso pessoal estará a seu dispor.

Sorri com as palavras que esperava que fossem transmitidas exatamente como tinham sido ditas. Fiquei com pena da criada por ter sido colocada nessa situação, mas esse seria um dos primeiros infortúnios da minha longa caminhada de vingança.

Fui até meu baú de roupas, procurando por algo que fosse útil nessa noite. Infelizmente, as roupas eram decentes demais, comportadas em excesso. Sentei na cama e bufei, irritada.

Pensei melhor e tive uma ideia brilhante. Com um sorriso nos lábios, escolhi um vestido cafona, todo rendado em tons de rosa-claro que, segundo minha mãe, se não estivesse no meu corpo, faria parecer um anjo quem quer que o vestisse. Eu o colocaria, faria o rosto mais inocente que ele já tinha visto em Londres e, assim que convencido de que seu negócio fora o melhor já feito, que seu cavalo era puro-sangue, passaria a mostrar o escândalo que estava disposto a ser.

Apesar da vergonha e do medo de tudo o que aconteceria, estava empolgada com meus planos. Eu precisava disso para não desabar. Precisava ter esperanças de que alguma coisa na minha vida tinha sentido.

A criada me ajudou com os preparativos, rejeitei o jantar, com medo de não me sentir bem se me alimentasse, e fiquei pronta, sentada na cama, o aguardando.

Um frio na barriga era inevitável. Precisava me fazer de forte, mas a verdade é que, por dentro, era a Helena de sempre, morrendo de medo de ser destruída por esse homem que parecia atropelar tudo que entrava em seu caminho.

Escutei passos se aproximando da porta e gelei. Respirei fundo quando vi a maçaneta se movimentar. Então, ele entrou e era como se até o ar parasse e depois fizesse reverência para ele, que se impunha onde quer que fosse; seu perfume já invadiu minhas narinas, me fazendo odiá-lo por gostar tanto daquele cheiro. Homens não deviam cheirar bem! George vestia com elegância um terno escuro com colete e uma camisa branca. A gravata torta e desarrumada demonstrava que ele não fizera uso do lacaio para se vestir. Aquilo só acrescentava ao ar de cretino que já rondava sua fama.

Seus olhos se fixaram nos meus enquanto um sorriso indecente se formava em seus lábios, como um convite ao pecado. Ele era o pecado!

— Pensei que poderia se atrasar, mas vejo que a expectativa para esta noite fez com que você se antecipasse, assim como estou adiantado! — Ele fechou a porta do quarto, encostando-se nela com as pernas cruzadas.

— Engano seu. Na verdade, meu anseio é para que tudo termine logo. Então, me preparei já prevendo que você pudesse se adiantar. Vejo que não se contém para certos assuntos.

Ele jogou a cabeça para trás em uma risada que fez algumas gotas de suor se formarem na minha testa. De repente, o quarto ficou quente. Não entendia o motivo.

— Para sua decepção, pretendo fazer esta noite se estender. Nada será rápido, nem tedioso, te garanto. — Ele deu alguns passos em minha direção. A cada movimento seu, o ar se esvaía dos meus pulmões. — Está com medo, Helena?

Ergui o rosto, sem me deixar esmorecer por suas palavras indecentes.

— Não sinto medo de nada! — disse, sem pestanejar.

Havia seis velas acesas espalhadas pelo quarto. Como em um jogo, ele foi até uma delas e a apagou. Voltou seu olhar em minha direção.

Desta vez, o sorriso tinha ido embora, sendo substituído por algo que eu não sabia distinguir.

Levantei-me. Precisava começar a agir. Meu corpo tremia. Estava assustada. Fechei os olhos, lembrando por um instante do passado, das humilhações, das surras e, por fim, de como fui entregue como um objeto. Não! Eu era forte! Tinha de ser!

Abri os olhos, caminhei em sua direção e coloquei uma mão em seu peito.

— Não quero que apague as velas — sussurrei ao pé do seu ouvido. — Você não negocia seus cavalos no escuro, negocia?

Afastei-me para ver sua reação e, pelo seu rosto pasmo e ausência de palavras, estava no caminho certo.

Comecei a desabotoar os botões do vestido, um por um, com os dedos ainda trêmulos. George parecia paralisado e me olhava como se faíscas saíssem dos seus olhos.

Prolonguei sua espera. Para manter aqueles olhos sobre mim e para tentar me manter em pé, o que me parecia impossível. O que eu estava fazendo não era algo que julgasse possível.

Quando abri o último botão, o vestido escorregou por meu corpo, me deixando nua na frente dele, já que me privei das roupas de baixo.

George abriu os lábios, as palavras continuavam ausentes, e me perguntei por um minuto se ele fugiria do quarto. O meu instinto era me cobrir nem que fosse com as mãos. Meu rosto queimava, indo contra o que acontecia ali. Estava envergonhada.

Notei que sua respiração ficou irregular, e ele balançou a cabeça em negativa.

— Você não faz ideia do que acabou de fazer! — disse, tentando manter a calma. Acho que ninguém estava calmo nesse quarto!

Não entendi suas palavras e o olhei, confusa.

Mas a resposta não veio, a não ser por seus braços, que me agarraram, e seus lábios, que se uniram aos meus, a língua pedindo passagem para algo que eu não sabia bem como fazer. Minhas pernas perderam as forças e ele precisou me segurar.

CAPÍTULO 8

"Nada jamais me faria desviar o curso da minha vida. Eu tinha um próposito. Os planos estavam traçados desde sempre. Quem poderia mudar uma vírgula?"

(Anotações de George, Londres, 1799.)

GEORGE

De todos os meus pecados, eu soube, no momento em que a vi nua na minha frente, que ela seria o maior deles.

Por um minuto pensei em desistir, fugir dali. Eu, o maior pecador, o maior libertino da Inglaterra, o desertor de mulheres, o destruidor de lares, tinha pensado em deixar minha própria mulher nua e lhe dar as costas.

Ela era perfeita nua, um desenho feito por algum pintor indecente, que precisava impressionar não só o mundo, mas a todos os deuses. Ela era a Nefertiti, a rainha da beleza; uma verdadeira divindade. A simetria perfeita do seu rosto, a perfeição do seu corpo, o tom perfeito da sua pele clara.

Ali, representando tudo de mais pecaminoso, tudo fazia contraste com os olhos que eram a representação da mais pura inocência, como não me lembrava há muito tempo. Eu tinha perdido aquela pureza pelo caminho da minha vingança e não encontrava aquilo em ninguém que me rodeava, muito menos nas mulheres que tocava.

Eu sabia que se tocasse em Helena aquilo estaria perdido, por isso minha vontade de regredir, de voltar atrás. Só que era tarde demais. Por motivos óbvios! Tinha Susan, que sempre viria em primeiro lugar em tudo. Sua inocência também tinha gosto de sangue. E, em segundo, o desejo por Helena era maior que tudo que já tinha sentido na vida.

Sem pensar em mais nada, a agarrei, precisando segurá-la em meus braços, sentindo seu corpo frágil perder as forças. Ela não sabia muito bem como beijar, mesmo querendo parecer o pecado em pessoa, e isso me deixou mais excitado, me fazendo pressionar ainda mais meu corpo contra o dela.

Helena gemeu quando soltei seus lábios e mordisquei sua orelha, deslizando uma das mãos para um dos seus seios, que respondeu prontamente aos meus estímulos. Sem poder esperar nem um segundo para possuí-la, peguei-a em meus braços e a coloquei na cama, parando um minuto para avaliar a beleza do instante que, com toda certeza, ficaria marcado na minha memória, por mais que fosse me esforçar para esquecê-lo.

Suas bochechas estavam levemente ruborizadas, e ela parecia ao mesmo tempo ansiosa e apreensiva.

— Não se preocupe, milady, cuidarei bem de você! — sussurrei, malicioso, desabotoando a camisa depois de tirar o paletó. As outras peças do vestuário saíram com a mesma rapidez e sua pele atingiu um tom avermelhado quando me viu nu.

Era excitante demais vê-la envergonhada pela minha nudez.

— Gosta do que vê? — provoquei-a, lembrando do seu jogo minutos antes de tudo começar.

Ela engoliu em seco.

— Pouco me impressiona! — respondeu, simulando desdém.

Ela era puro fogo. Precisaria de todas as armas para não me queimar.

Debrucei-me sobre seu corpo, deixando minha respiração ofegante próxima ao seu ouvido. Podia sentir seu coração acelerado bater junto ao meu peito.

— Mentes muito mal, milady.

Deslizei minha mão para o meio das suas pernas, e ela não conteve um grito. Fui mais fundo querendo vê-la se perder. Queria que perdesse todo o controle que tentava impor sobre mim, maldita bruxinha! No entanto, a verdade é que quanto mais fazia isso, mais me descontrolava, e quando a vi à beira do precipício, gemendo, gritando meu nome, não me contive e me afundei, sem controle, sem pensar em mais nada.

Não tinha vingança, nada de passado, nem futuro. Era diferente de tudo que já tinha vivido, dos meus pecados. Era como se estivesse ali, naquela cama, pagando por todos eles, ou talvez me redimindo.

Beijei seus lábios com ternura, agradecido por me proporcionar um momento tão sublime.

Abri os olhos para ver a cabeça de Helena cair para trás e meu coração pulsou de excitação.

— Quero ficar dentro de você... — sussurrei, beijando o seu pescoço. As palavras saíam sem meu consentimento. — Meu Deus, você é tão linda....

— George... — ela gritou, suas mãos afundaram em meus cabelos.

Minha visão ficou turva quando nossos olhares se encontraram e vi lágrimas nos seus olhos, e não eram de tristeza — eram de paixão. Ela estava sentindo o mesmo que eu.

Continuei a dominando, estava bêbado por aquele sentimento que nunca tinha experimentado na vida e que não queria que terminasse.

Então explodi junto com ela, sem conseguir sair de dentro dela como previsto, cansado demais para pensar em qualquer coisa, e desabei do seu lado.

Quando dei por mim, levantei desesperado.

— Não, não, não, não, não!

Passei as mãos pelos cabelos, em pânico. Peguei os lençóis da cama e, de forma rude, abri as pernas dela e retirei o excesso das minhas sementes que, espalhadas ali, me lembravam do quanto aquela mulher era perigosa.

Ela se encolheu na cama, a vergonha e o ódio estampados em seu rosto.

Recolhi minhas roupas do chão.

— Reze muito e se apegue a tudo que puder para não ter uma criança sendo gerada no seu ventre. Tenho absoluta certeza de que tudo não passou de um plano muito bem articulado para me enfeitiçar essa noite!

— O ar parecia me faltar nos pulmões. Como tinha sido tolo!

Tantas mulheres na vida. Poderia ter qualquer uma, colecionar

O DIA EM QUE TE AMEI

amantes, mulheres casadas, virgens inocentes, e lá estava eu, jogando todo o passado, a vida de Susan, no lixo.

— Você não sabe o que diz — murmurou.

Senti o maxilar contrair. Odiei-a pelo poder de reduzir meu autocontrole a nada. Maldita!

— Escute bem o que vou lhe dizer. — Respirei fundo para não gritar as palavras que seriam ouvidas por toda a casa. Apontei o dedo, para que ficassem bem claras: — Se um filho nascer de você, os dois serão enviados para uma casa cuja existência farei questão de ignorar e serão esquecidos. Morrerão à míngua. Ele será um bastardo que nunca reconhecerei como filho. Farei questão de dizer que você me traiu com um lacaio e que fugiu desta casa. Você será esquecida e desonrada.

O ódio foi se acendendo no seu olhar com minhas palavras. Eu imaginava que o meu era maior.

— Você sabe, Helena, que uma única palavra de um duque tem o poder de destruir uma mulher. Você estará acabada e não terei o menor remorso. Eu avisei que não queria filhos. Não haverá herdeiros. Essa linhagem termina em mim. Está entendido?

Ela sustentou o olhar, me desafiando, e não respondeu.

— Estamos entendidos? — gritei, dessa vez sem me importar se o mundo escutasse.

— Sim, meu lorde! — respondeu, engolindo o próprio orgulho.

Antes de sair, apaguei todas as velas. Estava envergonhado pelos meus próprios atos e deixá-la no escuro aplacava o que a mim se abatia.

Entrei no meu quarto pela porta comunicante e a tranquei. Também apaguei as velas que estavam acesas ali.

A luz do luar iluminava o suficiente para que me servisse de uma bebida forte.

Bebi até não parar em pé.

Destruído pelo meu próprio orgulho, que estava em pedaços.

Quando o sol nascesse, faria jus a tudo que me fora imposto pelo ducado e ao que tinha jurado por uma vida: vingança!

CAPÍTULO 9

"Quando ele chegar, me comparará a flores, usará os mais belos adjetivos para descrever minha beleza e terá em nossa família o orgulho de sua vida. Assim será, assim o espero todos os dias."

(Diário de Helena, Londres, 1797)

HELENA

Em um instante, estava no céu. No instante seguinte, no inferno. Tudo culpa daquele homem, o responsável por minha ruína. Senti ódio de mim mesma por tudo que meu corpo havia sentido com seu toque. Os meus planos tinham se esvaído no momento em que seus lábios tocaram os meus. Não sobrou nada!

George roubou a minha vida, meus sonhos e, por fim, a minha dignidade. Não tinha autocontrole, não tinha lógica, tudo virava vapor ao seu toque. Me senti uma idiota!

Esperava que quando estivesse em uma carruagem rumo a uma de suas casas de campo, depois que o tivesse envergonhado diante de uma Londres que julgava mais as pessoas pelas roupas que usavam do que por seu caráter, pudesse me sentir melhor. Embora me sentisse como se fosse somente uma vespa ou um cavalo adestrado.

Meu coração não parava de bater desesperadamente, imaginando a possibilidade de um filho nos meus braços. Sempre sonhara com uma família, mesmo que isso significasse ser esquecida, caluniada e jogada à margem da sociedade. De qualquer maneira, eu seria esquecida em breve e lembrada somente como a coitada da mulher do duque de Misternham, que, doente, foi abandonada pelo marido que vivia se exibindo às amantes na cidade. Com o tempo, meu nome seria esquecido e nem mais uma lembrança eu seria.

Se ao menos pudesse ter esse filho....

Puxei as cobertas, abraçando meu corpo. Eram tantos sentimentos: vazio, solidão, tristeza, vergonha...

Mas o sol nasceria, clareando os pensamentos, me fazendo esquecer do toque que ainda queimava minha pele e dos beijos, cujo sabor se mantinha em meus lábios, e aí, sim, ergueria minha cabeça, como tantas vezes antes, e estaria pronta novamente para a minha vingança.

Lembrei-me das aulas com minha ama e das lições aprendidas sobre as guerras dos nossos antepassados. Em todas elas, mesmo não sendo mostrado nos livros, me atentava ao fato de que só se vencia porque os inimigos não ficavam atentos o suficiente para as armas dos adversários, que as juntavam e chegavam com tudo. Nessa noite eu descobrira uma nova arma que não sabia possuir até então: ele me desejava. Usaria isso a meu favor; afinal, George era, acima de tudo, um libertino sem controle.

Esperava ser forte o suficiente. Aquele homem não parecia ser páreo para ninguém. E, para vencer essa batalha, o principal seria proteger o maior tesouro em jogo: meu coração.

Adormeci, com a esperança de um novo dia. A esperança era algo que eu não podia perder.

Quando o dia amanheceu, fui informada por uma criada que meu desjejum seria ao lado de meu marido, que já me aguardava.

Agora não era mais prisioneira. Seria oficialmente apresentada como duquesa daquela casa para os criados e outros hóspedes que ali pudessem se encontrar. Eu já tinha escutado que George tinha uma mãe e receava que ela não estivesse em alguma casa de campo.

Troquei-me lentamente. Deixá-lo esperando era algo que já me fazia feliz pela manhã. Fui acompanhada pela criada até a sala de jantar. Devido às circunstâncias da minha indisposição dos últimos dias, causada pela surra do meu pai, juntamente com a falta de afeto do meu marido, não tinha conhecido o castelo ainda.

Todos os criados estavam em pé, ao lado da mesa, e George se levantou quando me viu.

— Bom dia, milady.

Assenti, sem vontade de devolver o cumprimento.

— Quero que conheçam a duquesa de Misternham. A partir de hoje, as questões dessa casa estão sob suas ordens quando eu estiver ausente.

Todos fizeram uma reverência e foram dispensados, ficando somente dois que serviriam a refeição.

— Por favor, já podem chamar minha mãe — ele pediu.

Gelei com a menção. Já contava com essa possibilidade, no entanto, uma sogra nunca era algo agradável. Já tinha ouvido histórias apavorantes de como algumas delas infernizavam a vida de suas noras.

— Espero que esteja disposta esta manhã. Quero que se reúna com minha mãe para uma tarde de chá e conversa.

A ideia me fez perder completamente o apetite, que era imenso quando acordei. Eu tinha mais esse defeito para a longa "lista de imperfeições da Helena": minha mãe costumava dizer que eu me alimentava como um cavalheiro, jamais como uma dama.

— Receio que não tenha outra escolha — disse, me servindo de um pouco de leite.

Esperava, pelo menos, que sua mãe chegasse logo e que ele não tocasse no assunto da noite anterior. Receava que falasse sobre a possibilidade de ter me engravidado e não desejava suas palavras cruéis sobre mim logo de manhã. Já que teria de tolerar uma sogra, que ao menos ela servisse para alguma coisa.

— Tenho negócios pendentes e estarei ausente por alguns dias! — comunicou. A ideia de que abandonaria a mulher um dia depois do casamento me trouxe um mal-estar, já prevendo que se encontraria com alguma amante.

As pessoas comentariam. Eu seria motivo de burburinhos por toda Londres, em breve.

— Na próxima semana, aceitei um convite para o baile da condessa de Vinceza. Quero apresentá-la como minha duquesa. Se precisar de alguma coisa para a festa, é só pedir para o lacaio chamar uma modista e....

Ele parou, olhando para a porta, onde uma mulher de aparência triunfante e poderosa acabara de entrar. Ela não olhou para o filho. Seus olhos se dispuseram a me avaliar, sem piscar. Fiz menção de levantar, não porque fosse ligada a cordialidades, mas porque estava com medo do olhar que me era dirigido. Era assassino, e eu bem sabia o resultado disso; as cicatrizes do meu pai ainda marcavam meu corpo.

— Não se atreva! — George segurou meu braço, me contendo.

Sem entender, me mantive no lugar; afinal, a ordem do meu marido era a que importava.

Sem desviar os olhos de mim, ela caminhou até perto da mesa, apoiando uma mão sobre a cadeira à minha frente. Então ela olhou para George.

— Vejo que resolveu trazer suas prostitutas para casa e mantê-las até o café da manhã. Se seu pai fosse vivo, mandaria interná-lo em algum hospício. Você perdeu completamente a razão.

Se fosse qualquer outro homem, estaria furioso e, no mínimo, um homem na posição de George mandaria a mãe calar a boca. Mas ele sorria, parecia triunfante, extasiado até. Isso me irritou terrivelmente, porque eu poderia até ter uma longa lista de coisa que se encaixariam nos escândalos de Helena, mas eu não era prostituta e nem tinha aparência para tal.

Fiquei esperando que me defendesse, ordenasse que ela pedisse perdão. Ele não o fez.

— Bom dia, mamãe. Sim, o café está particularmente doce esta manhã! — disse ironicamente.

— Me recuso a sentar nessa mesa com suas concubinas. — Dessa vez, sua voz estava alterada. — Depois de anos fugindo de suas responsabilidades, você volta e é isso que faz? Me envergonhar? Meu único filho?

De repente, alguma coisa mudou dentro do olhar dele. Os olhos, que me encantaram desde o primeiro momento, perderam o brilho e se acenderam com ódio.

George se levantou, jogando o garfo com tanta força sobre o prato que este se partiu ao meio.

— Levante-se! — gritou, me dando uma ordem.

Não me atrevi a não obedecer. Por mais que quisesse gritar que ele não mandava em mim, não tinha esse direito. Ele era meu marido e mandava. Engoli o orgulho e me levantei, mas não antes de beber um último gole do meu leite. Eu tinha que provocá-lo.

Isso pareceu acender ainda mais sua fúria, e o olhar que ele me desferiu fez meus pelos se eriçarem.

— Olhe bem para essa mulher que você acabou de ofender. — Ele apontou o dedo para a mãe que, sem parecer temer o filho, continuava com o queixo erguido o enfrentando. — Aprenda a respeitá-la, porque a partir de hoje ela é a nova dona desta casa, a quem você deve não só respeito, mas seguir suas ordens e caprichos. Conheça a nova duquesa de Misternham.

Céus! Ele se casava e não contava para a própria mãe?

Ela olhou horrorizada, intercalando os olhares entre mim e ele.

— Está buscando saber seus títulos, quantas vezes ela já esteve com a rainha, ou o quê? — ele perguntou. — Ou talvez queira ir lá no seu quarto procurar pelo convite de casamento que não recebeu.

— Estou buscando compreender por que, dentre todos os filhos que gerei e perdi, justamente você foi o escolhido para nascer.

Sem nenhuma outra palavra, até porque nada mais precisava ser dito, ela saiu.

Abaixei o olhar para a mesa, sem saber como agir. A cena tinha sido constrangedora e, acima de tudo, fiquei com pena daquele homem por ser desprezado pela mãe dessa forma. Eu sabia como era. Sabia muito bem!

— Você, no meu escritório, agora! — ele ordenou e saiu.

Segui-o, afinal, não sabia ainda onde era o escritório. Pretendia descobrir quando ele se ausentasse nos próximos dias e eu fizesse a minha excursão pela casa, juntamente com o meu plano para os escândalos no baile onde seria apresentada.

Se ele tinha uma mãe por quem nutria ódio, eu superaria a compaixão que senti por ele minutos atrás, lembrando de como tinha destruído a minha vida. Ele teria uma mulher por quem ódio não seria a palavra ideal para descrever seu sentimento. Nos livros talvez não existisse tal termo. George seria enterrado na sua própria cova do casamento.

Capítulo 10

"Tenha negócios e mais negócios. Cuide das propriedades e adquira riquezas. Já mulheres, colecione noites que serão esquecidas pela manhã. O que importa são momentos de prazer. Nunca adquira amores. Isso é a ruína de um homem.

(Anotações de George, Nova York, 1800.)

GEORGE

Ela se superava! Sempre!

Como era capaz de dizer que só tinha um filho? Falar aquelas palavras debaixo do meu teto, o mesmo que a alimentava, que sustentava seus luxos? Eu poderia isolá-la em uma das nossas casas de campo e privá-la da vida social que tanto valorizava. Ou mesmo jogá-la na rua da amargura, como ela tinha feito com Susan, porque esse, sim, era o destino que merecia depois da morte do duque. Só não o fazia porque era o homem que meu pai não foi, não a exilava, pois meus planos de vingança não eram pobres como aqueles. Isso seria pouco pelo que ela fizera com minha irmã. Se Susan estivesse morta... Balancei a cabeça, incapaz de pensar nisso; a vida miserável de isolamento não seria suficiente para minha mãe. Eu a queria humilhada perante Londres inteira.

Olhei para trás e vi Helena parada, me olhando, confusa. Ela era a chave para isso.

Mas tinha algo errado com aquela mulher. Se fosse qualquer outra que tivesse presenciado a cena de minutos antes, estaria à beira de um ataque de lágrimas, no mínimo tremendo ou algo assim. Ela não! Me olhava com curiosidade, analisando, as sobrancelhas arqueadas. Os lábios carnudos, que me davam constante vontade de beijar, me fazendo lembrar a noite que não saía da minha mente, estavam semiabertos, como se ela quisesse perguntar muitas coisas, e eu cheguei a me perguntar se tinha feito a escolha correta.

— Sente-se — ordenei, apontando para o divã que era uma das poucas heranças que mantinha do escritório do meu pai.

— Estou bem em pé — ela garantiu, me desobedecendo, o que me fez constatar mais uma vez o quanto poderia ser perigosa.

— Não foi um convite! — acrescentei, fazendo-a se lembrar do seu papel ali.

Ela fez uma pequena reverência, abrindo um sorriso irônico.

— Claro, milorde — e obedeceu.

Até o seu ato de sentar não tinha nada de gracioso. Ela não era delicada. Seus gestos eram extravagantes em excesso e isso, em vez de deixá-la deselegante como talvez todas as mulheres de Londres classificariam, a tornavam única, exótica.

Perguntei-me como uma mulher como ela pôde ser ignorada em três temporadas. Muito provavelmente porque todos os homens enxergavam o perigo por trás daqueles olhos. Quando se buscava por uma esposa na alta sociedade londrina, só se queria mulheres com belos sorrisos que cuidariam do lar e dos filhos. Nunca mulheres que se interessariam por política, ou ousariam desafiar seus maridos com um simples não. Helena ousava até no olhar. Sorte a minha que estava calejado pela vida. Porém, precisava terminar logo tudo aquilo e enviá-la para o mais longe possível. Definitivamente, ela era perigosa.

— Precisa ficar a par de algumas coisas na minha ausência, Helena! — disse enquanto fechava a porta. Não queria minha mãe escutando por infortúnio a nossa conversa. Ela era capaz de tudo. — Primeiro, quero lembrá-la de que sua família não é bem-vinda na minha residência. Espero que tenha compreendido.

— Sim, sempre, como um bom cavalo adestrado — respondeu.

Pisquei algumas vezes, para não fazer duas coisas. Primeiro, dar-lhe umas boas palmadas, que era o que Helena merecia. Depois, beijá-la por sua audácia.

— Acontece — disse, esfregando uma palma na outra, me contendo — que, como não é uma égua, não posso amarrá-la, o que seria ideal na minha ausência.

Abri um sorriso ao vê-la arregalar os olhos. Dessa vez, ela parecia finalmente assustada.

— Mas espero que se comporte bem e siga as minhas ordens, como uma boa esposa. Também espero de você que cuide do castelo como uma lady e tome as rédeas, não deixando isso para minha mãe. Tem a permissão para fazer da vida dela um inferno! — disse, com um sorriso no rosto.

O olhar assustado foi substituído por um ar sapeca e, como uma criança arteira, ela abriu um sorriso de canto de boca. E tudo o que consegui foi desejar vê-la sem roupa. Deus, qual era o meu problema? O principal motivo pelo qual me ausentaria na próxima semana era para procurar algumas amantes. Perdia o controle completamente perto dela e tinha consciência disso. Precisava buscar os últimos resquícios da minha calma e, depois, voltaria para casa. Só de vê-la ali, naquele divã, imaginava uma pintura dela, perfeita, nua, e depois meu corpo sobre o seu.

Tinha algo errado comigo. Sempre fui um libertino. Nunca normal, nem sempre perfeito. No entanto, o meu maior orgulho e minha maior proeza foi a arte de nunca desejar a mesma mulher duas vezes. Isso fez com que nunca me apaixonasse.

Helena, Helena, você é perigosa! Talvez feiticeira. Tinha escutado falar que, em alguns lugares, se praticava feitiçaria entre mulheres. Olhei ressabiado para ela.

— Isso inclui que tipo de conduta para com sua mãe? — ela me perguntou, atraída pela ideia.

— Qualquer uma, desde que mantenha a vida de vocês duas.

Não me passou despercebido quando ela apertou as mãos, tentando conter as palmas. Precisei refrear uma gargalhada.

— Só se comunique comigo em casos de extrema urgência. Um

lacaio estará à disposição para entregar as cartas; ele saberá onde me encontrar! — acrescentei.

Quando disse isso, seu olhar se entristeceu. As mulheres sempre sabiam que quando seus maridos as deixavam logo após o casamento, saíam à procura de amantes. Senti-me mal. Por mais que tivesse sido um cafajeste durante toda a vida, nunca tivera uma mulher, e isso me fez lembrar de Susan. Odiaria que um homem a magoasse dessa maneira. Me senti sujo nesse momento. Aproveitaria minha ida até a cidade para buscar informações sobre seu paradeiro.

— Não acha cedo para se ausentar do castelo? As pessoas irão comentar — ela disse, dessa vez com certo receio, olhando para as próprias mãos, que mantinha entrelaçadas no colo.

Odiando o que viria a seguir, odiando o homem que havia me tornado, mas sabendo que era necessário cortar todos os laços de afeto que nos uniam, respirei fundo e o fiz.

— Nunca mais questione os meus atos. — Levantei-me, para não ficar frente a frente com seus olhos e não ter que ver o seu sofrimento. — Não sei que tipo de educação lhe deram, Helena, mas aqui eu dou ordens e você acata. Ou então, antes mesmo de saber se tem um filho no seu ventre, estará em uma carruagem bem longe daqui. Entendeu?

Ela assentiu, sem me olhar.

— Responda! — disse rudemente.

Ela era orgulhosa demais. Muito mais do que eu imaginava. Levantando-se, sem se abater, ela olhou nos meus olhos.

— Perfeitamente — respondeu. Tinha ódio na palavra cuspida.

— Que bom! — acrescentei.

— Posso me retirar?

Assenti.

Quando ela colocou a mão na maçaneta, já de costas, eu disse:

— Helena. — Ela me olhou com ira, o que fazia seus olhos adquirirem uma cor âmbar nas laterais, misturada com o azul. Era magnífica. — Quando retornar, vou cobrar a aposta. Não esqueci dos seus gemidos na noite passada.

Abaixei os olhos e vi seus punhos se fecharem.

— Como quiser. Sem descumprir suas ordens. Só o lembro que

costuma ficar enojado de possuir uma mesma mulher na sua cama duas vezes! — rebateu.

— Eu tinha sugerido o meu tapete persa. Mas você me deu ideias melhores essa manhã. Será neste divã.

Então, inesperadamente, e nem sabia onde ela poderia ter escutado aquilo, Helena disse um palavrão. Jurava a mim mesmo que ela nem deveria saber o significado daquilo ou nem teria dito. Ou, no mínimo, teria ficado corada como qualquer mulher do planeta ficaria. Mas ela continuava me encarando, ferozmente. E seu olhar me enlouqueceu de desejo. E a única certeza que tive foi de que, sim, ela era uma bruxinha que deixaria minha vida de cabeça para baixo.

E, para completar tudo, me deu as costas sem permissão. Mas a segurei pelos braços, evitando ser desrespeitado dessa forma.

— Já andou a cavalo? — perguntei, antes que fosse eu a soltar um palavrão.

— Não! — Helena respondeu, me encarando novamente.

— Será outra coisa que faremos quando voltar. Vou trazer um cavalo puro-sangue inglês Oregon, de valor inestimável. Você vai ver como se comporta um que carrega o seu título e o seu valor. Quem sabe assim consiga se espelhar nele.

As palavras saíram duras. Estava com raiva por tudo que ela despertava em mim. Nenhuma mulher tinha esse direito e esse poder. Eu não deixaria.

Aproximei-me dos seus lábios, provando a mim mesmo que poderia ficar perto e não sentir nada. Como qualquer outra mulher, ela seria descartada em breve. Então, ela arfou. Sua boca estava entreaberta para me receber. E o seu perfume era perfeito.

Meu corpo foi ao encontro do seu, porque se encaixava perfeitamente. Embora tão surpresa quanto eu, ela me recebeu quando meus lábios a tocaram, e não fez nenhum movimento para se soltar.

Em resposta, soltou um gemido quando a minha língua invadiu sua boca, sem reservas, parecendo um selvagem que nunca tinha beijado uma mulher na vida. Tinha gosto de mel, de pureza, de desejo, de pecado, de tudo... Tinha gosto de tudo que era bom!

— Você é um perigo — sussurrei no ouvido dela. — Vá embora!

— pedi, soltando seus braços. Na verdade, implorei, vendo-a se desvencilhar e correr, me deixando frustrado.

Se eu tivesse ficado mais um minuto com ela nos meus braços, teria perdido o controle e, mais uma vez, a vingança seria esquecida; mais uma vez, Susan teria sido esquecida; e Helena teria acesso livre ao meu coração. Aquilo tinha que acabar.

Fui até a gaveta, juntei minhas coisas e parti atrás das mulheres que sempre me foram suficientes, porque Helena nunca seria. Tinha algo nela que nunca me satisfaria. Era como um abismo no qual, se me permitisse afundar, nunca mais sairia de lá.

CAPÍTULO 11

"As manhãs serão os momentos mais preciosos. Todos os dias, quando abrir os olhos e notar que os seus estão me encarando e mostrando o quanto me ama, será perfeito. No amor, tudo é."
(Diário de Helena, Londres, 1800.)

HELENA

Fazia dois dias que ele tinha partido e meu coração parecia não ter desacelerado; seu cheiro ainda estava nas minhas narinas e seu gosto insistia em permanecer nos meus lábios. A insônia era minha companhia. Eu me revirava, imaginando-o na cama com outras mulheres, o ciúme me corroendo, e tentando convencer a mim mesma que não passava de orgulho ferido, já que toda Londres nesse momento deveria estar de burburinho às minhas costas. Mesmo que não tivesse sido apresentada oficialmente como duquesa e que o casamento em si tenha sido um escândalo, já que não fui cortejada, estava casada com o duque de Misternham.

Podia escutar os comentários, todos conjecturando como eu devia ser sem graça por ter sido abandonada na primeira semana de núpcias. Como era incapaz de agradar um homem. A humilhação cresceu dentro do meu peito e levantei na madrugada, acendendo as velas, andando de um lado para o outro. Precisava planejar o que faria no baile na próxima semana, ou enlouqueceria.

George precisava sentir na pele toda a humilhação a que me expunha. Começaria chamando a modista pela manhã. O traje ideal já estava arquitetado na minha mente.

Depois, o levaria à loucura, até conseguir gerar um filho dele. Já que esse era o seu pior pesadelo, seria o meu maior desejo a partir de agora. Assim que ele partiu, minhas regras desceram, me fazendo lamentar por não ter sido eficaz da primeira vez. Mas um dia seria. Ele me desejava. Podia ver nos seus olhos. Me valeria disso.

E tudo o que ele desejava, eu faria o contrário. George pediu que eu acabasse com a mãe. E tudo o que fiz foi dar carta branca a ela. Coloquei todos os criados à sua disposição e comando, me trancando no quarto. Se o castelo pegasse fogo, eu ajudaria ateando mais fogo.

Quando o dia amanheceu, pedi que chamassem a minha modista e não a que George instruíra. Como ele tinha deixado ordens para que cumprissem os meus desejos, fui atendida.

Logo lady Marshala, uma jovem modista que estava fazendo sucesso por suas ideias inovadoras, chegou.

— Ai, como estou feliz, duquesa, por lhe atender! — disse falsamente. Afinal, semanas antes, ela odiava costurar meus vestidos.

Diziam nas rodas de fofoca que precisava do dinheiro, mas que seria jogar seu nome na sarjeta ver suas criações sendo usadas por uma figura como eu, que tinha tão pouca representatividade na sociedade. Agora, como duquesa, esse cenário parecia mudar. Eu só a chamei porque realmente seu trabalho era brilhante e precisava dele.

— O que vai querer? — perguntou empolgada, enquanto suas criadas a ajudavam a tirar das várias maletas sedas das mais variadas cores. — Temos creme, bege, azul-celeste, rosa-claro....

— Preto! — cortei-a, antes que ela transformasse meu quarto em uma loja de tecidos.

Ela paralisou e seus cílios espessos começaram a piscar excessivamente.

— Eu... me desculpe. Não fiquei sabendo que tinha perdido algum familiar distante. Que indiscrição a minha. Está de luto, Vossa Graça. Me desculpe! — Colocou a mão no peito, constrangida.

Abri um sorriso, já imaginando a mesma reação das pessoas no baile.

— Não estou de luto, Marshala. A cor foi escolhida por opção. Eu adoro vestidos pretos.

Seu olhar foi da pena para o espanto, e depois para o choque, em questão de segundos. Era cômico.

— Espero que possa atender ao meu pedido. Ou será que, dentre tantas sedas, você não terá nada que agrade uma duquesa? — Arqueei as sobrancelhas em tom de dúvida.

Se tinha algo que Marshala odiava é que duvidassem do seu trabalho. O que a incentivava sempre era um desafio.

Rapidamente ela abriu outro baú e retirou uma seda preta, estendendo sobre a cama.

Abri um sorriso de aprovação.

— Só preciso tirar suas medidas. Tenho alguns modelos que são a última moda em Nova Iorque. Tenho certeza que vai lhe agradar. Não ficará tão perfeito devido à cor escolhida, mas, com os ajustes ideais, poderemos fazê-lo ficar com um tom alegre.

Enquanto pegava a fita métrica, as criadas começaram a dobrar de volta os tecidos espalhados.

— Quero que você seja generosa no decote e que use um espartilho bem apertado, valorizando minhas curvas. As luvas devem ser brancas, e quero discrição sobre o meu vestido: se vai continuar sendo minha modista, ninguém saberá o que vou usar no baile, entendido?

— Com toda certeza, Vossa Graça! — confirmou.

Encomendei outros vestidos para algumas ocasiões futuras e, já exausta, dispensei-a no final da tarde.

Maria Elisa, a mãe de George, não tinha dado o ar da graça. Ao descer para jantar, agradeci porque jantaria sozinha mais uma noite, como todas as outras desde que meu marido partira.

Me sentia solitária naquela casa. Por mais que não fosse perfeita, ao menos tinha alguém para conversar quando morava com minha família. Agora vivia isolada. Era triste.

Quando foi servido o primeiro prato, ela apareceu, fazendo eu me arrepender por não ter pedido o jantar no quarto. Sem pedir licença, sentou-se à mesa e nem um boa-noite esboçou. O silêncio era constrangedor. Seus olhos estavam fixos na minha boca. Ela reparava na quantidade que eu comia.

Irritada demais para continuar calada, coloquei o garfo de volta à mesa e a encarei.

— Algum problema? — perguntei.

— Só reparando como você é inadequada.

— Já pode se retirar... — Apontei para a porta. — Se já fez sua análise, faço o convite para que se recolha ao seu quarto e faça seu jantar lá. Eu me casei com George e não pretendo ser adequada para você.

— Se acha por um minuto sequer que ele a ama, anda lendo muitos romances shakespearianos. Isso não passa de um capricho de George para me irritar. Nesse momento, ele deve estar exausto em uma cama qualquer com prostitutas, em bares de Londres. Daqui a alguns dias não vai nem sequer procurá-la na cama. Você é uma infeliz, Helena. George quer me humilhar perante a sociedade, fazendo com que você seja um escândalo, e depois deixá-la sozinha em uma casa de campo, já que nunca vai permitir que você tenha um filho, para me punir com o fim da nossa linhagem.

Se ela esperava que me acabasse em lágrimas, a surpresa ficou estampada em seu rosto minutos depois, quando sorri. Por dentro fervilhava de ódio. Não tinha lágrimas para derramar. Já tinham matado tudo dentro de mim. Meus sonhos tinham sido pisoteados havia muito tempo por meu pai e, mais recentemente, por George. Agora as coisas começavam a se encaixar na minha mente. Não tinha razão nenhuma para que o duque de Misternham se casasse com uma mulher como eu, sem classe, com um dote inferior, um título sem importância, beleza incomum, a não ser o escândalo estampado no rosto. A não ser que isso fosse sua arma de vingança.

O problema é que a mesma arma que ele tinha nas mãos era a que eu mantinha carregada e apontada para sua testa. Eu o estava ajudando a destruir a própria mãe. Dispúnhamos dos mesmos artifícios e eu, tola, achando que estava arquitetando um grande plano de vingança. Ri com desgosto, vendo como aquele homem poderia ser ardiloso, estando um passo à frente.

Tendo perdido o apetite, algo raro, pedi licença e me retirei da mesa. Precisava pensar. Chegando ao meu quarto, sentei na grande poltrona que deveria me fazer sentir uma princesa e, na verdade, me lembrava como era plebeia. Abaixei a cabeça, pensando em desistir. Por fim, seria o fracasso que meu pai tantas vezes afirmou. Minha mãe sempre contava nos jantares, rindo em excesso, das lembranças do nascimento da minha irmã; em como ela percebeu, já no parto, a diferença entre nós duas. Eu vim ao mundo com tanto escândalo, que o meu choro foi ouvido a quarteirões de distância, enquanto minha irmã nasceu como uma dama: linda, reluzente e contida.

Levantei o rosto. Não! Não podia desistir agora, seria uma covarde. Nem tudo estava perdido. Se o maior desgosto da minha família era a vergonha a que eu os expunha, meu pai desejava sair por cima ao me destruir, entregando-me àquele casamento que para ele representou seu bilhete de ouro. Uma filha que sempre foi seu horror, de repente se tornava a esposa de um duque, deixando-o acima na sociedade. Minha mãe, nesse momento, estava com toda certeza empilhando convites e mais convites para bailes e chás da tarde, e eu tinha aberto uma porta para que minha irmã fosse cortejada pelos melhores partidos da Inglaterra.

De repente, tudo se acendeu. Meu mundo se iluminou novamente. Nada estava perdido. Eu poderia acabar com eles, mantendo a vingança que estava destinada a George. Se eu fosse o maior escândalo de Londres, sujaria o nome da minha família, colocaria o nome de meu pai na lama e levaria o da minha irmã à ruína. Quem iria querer se casar com ela, quando descobrissem que pertencia a uma linhagem tão imperfeita, e tinha uma irmã com criação tão esdrúxula? Todas as bocas de Londres e da Inglaterra em breve estariam falando que a Família Deltolen não dera educação apropriada às filhas, e os pretendentes da minha irmã deixariam de procurá-la; os convites para os eventos sociais cessariam; e até as entradas para os famosos clubes noturnos que meu pai tanto prezava se fechariam.

Nunca, nos últimos anos, eles ouviriam falar de uma mulher que provocou mais escândalos em bailes que a duquesa Helena de Misternham.

E, por fim, viria George. Eu o venceria com o desejo — a arma mais poderosa que uma mulher poderia usar. Com ela, já se venceram guerras e se destruíram impérios.

Eu vi nos olhos dele como me desejava. Só tinha um problema para resolver: a minha inexperiência. Mas já tinha escutado que prostitutas em Londres salvavam casamentos falidos por pouco dinheiro. Quando os primeiros raios de sol entrassem pela janela, entraria em uma carruagem e encontraria uma delas. E, quando George menos esperasse, eu o atingiria onde mais doía. Carregaria um filho dele. O seu maior pesadelo. E por mais que ele ameaçasse dizer que me abandonaria e que o filho seria um bastardo, em algum lugar do mundo saberia que sua linhagem se perpetuou, e isso seria algo que ele nunca se esqueceria. A minha vingança eterna!

CAPÍTULO 12

"O coração de um homem só pode estar em um lugar: dentro do peito. Somente ali. Nunca em jogos, bebidas ou mulheres. Maldito o homem que se condena a esses vícios. Fica fraco e sujeito a qualquer perdição."

(Anotações de George, Edimburgo, 1799.)

GEORGE

Sentado no Clube Beltan, com um charuto na mão, observava Pietro rodeado por três prostitutas. Ele contava algo a elas, que gargalhavam, enquanto mantinha um copo de bebida em uma das mãos e, na outra, o seio de uma delas. Ele não tinha reservas e muito menos escrúpulos.

Conheci-o em uma das viagens para as Índias, em minhas buscas por Susan. Ele rodava o mundo gastando sua fortuna com mulheres e bebidas. Sempre o achei imprudente e irresponsável, mas, no momento, o invejava.

Pietro, diferente de todas as pessoas que conheci na vida, não se importava com nada e nem ninguém. Só em curtir a vida. Perdeu os pais e os irmãos na infância e ficou com o título e a fortuna da família. Não tendo nenhum parente próximo, foi criado pelos próprios criados da mansão onde vivia, sem parâmetros, sem respeito e nem educação pelo próximo.

Tratava a todos como iguais, não importando se estava diante do rei ou de um criado; muitas vezes, tratava seus criados melhor que tratava o rei. Foi o que mais me fascinou quando o conheci, porque o que sempre odiei na hipocrisia da sociedade eram suas convenções, regras e as classes sociais que tinham condenado minha irmã — e às quais era preso por covardia e por vingança.

Pietro Vandik, não; ele não se importava, acabava com tudo o que tinha: arruinara toda sua fortuna; não cuidava de suas propriedades, que estavam em ruínas, os criados vivendo por conta própria; e, no momento, só retornara a Londres para, enfim, encontrar uma esposa, porque necessitava de um dote glorioso para pagar as dívidas e continuar na boa vida de que dispunha.

Os convites para os eventos sociais e as negociações de casamentos só viriam porque ninguém sabia de sua real situação — exceto nós dois e seus credores. Do que as pessoas tinham conhecimento era que Vandik sempre fora um conde e herdeiro de uma fortuna. Eu só tinha pena da sua noiva. Ela enfrentaria um casamento desgraçado, muito pior que Helena. Pietro era o tipo de homem que levaria duas ou três mulheres para dividir a cama com sua mulher na lua de mel.

A lembrança de Helena me trouxe à tona outros pensamentos. Eu estava aqui nessa noite, como nas duas anteriores, para me encontrar com belas prostitutas e resolver os infortúnios que rondavam minha mente. Precisava me aliviar e, então, voltar para casa. Temia por deixar Helena e minha mãe sozinhas. Não havia sido uma boa ideia, ainda mais após constatar como a minha mulher poderia ser ardilosa e minha mãe venenosa.

Entretanto, as coisas não estavam indo como planejado e nenhuma me encantava como antes. As risadas forçadas, os batons vermelhos, os decotes provocantes, os perfumes adocicados, tudo me enojava. Tudo indicava que eu estava entediado, em vez de fervilhar de desejo.

Apaguei o charuto, irritado. Pietro me olhou e pareceu perceber. Abandonou as mulheres e caminhou até mim.

— Que houve, caro amigo? Desejando minhas mulheres? Se quiser, podemos dividi-las. Sabe muito bem que não tenho problemas em compartilhar... — disse, levantando uma única sobrancelha, o que as mulheres sempre diziam ser seu charme, enquanto eu achava que o deixava com cara de bobo.

— Nunca compartilho, Vandik. Deixe disso, meu amigo. Vamos jogar cartas. Preciso de distração.

— Cartas, George? Ficou louco? Só se for para ver qual peça de roupa aquelas elegantes damas vão tirar primeiro.

Ele fez sinal para que uma delas sentasse no seu colo.

Não me passou despercebido que ele as chamava de damas. Sempre tratando todas por igual, quando toda a Inglaterra, para se referir a elas, usaria de calão que nem ousaria dizer em frente a uma dama de verdade.

— Você tem alguma mulher na mente, Misternham... Ou já estaria em algum dos quartos lá em cima, se deleitando com aquela morena que lhe serviu bebidas há pouco.

Lembrei do beijo que roubara antes de sair. Foi um erro. O seu sabor ficara marcado na minha memória e nem as últimas bebidas fortes eram capazes de apagar.

— Estou preocupado por não ter notícias de Susan! — menti.

Realmente tinha visitado o detetive naquela tarde, mas não era nela que estava pensando no momento.

— O que Roamã disse?

Pietro sempre soube da minha caçada, afinal, foi graças a ela que nos conhecemos.

— Sim. — Passei a mão pelos cabelos. Aquilo tinha me cansado nos últimos anos. Era como se eu tivesse envelhecido dez anos em um.
— Ele encontrou uma pista em Nova Iorque, para onde vai seguir na próxima semana. Só que você sabe melhor que ninguém como isso tem sido infundado e como as esperanças acabam comigo. Toda vez que ele parte, eu me encho delas e, quando ele volta, é como se tudo se esvaziasse e não sobrasse nada dentro de mim, a não ser angústia.

Pietro, vendo meu sofrimento, dispensou a loira que beijava seu pescoço. Deu um tapa nada sutil nas suas nádegas e pediu que ela e outras duas o aguardassem nuas no quarto, estendendo uma chave.

Servi vinho para nós dois, entregando o copo para ele.

— Não acha que, se sua irmã estiver viva, já seguiu a vida dela e quer que você faça o mesmo?

Balancei a cabeça. Aquilo nunca seria aceitável para mim.

— Em que condições? Como uma mulher sobrevive sozinha nessa

sociedade? Em um bordel como este ou pedindo esmolas? Acorde, Vandik, não estamos falando de homens com dinheiro e poder, mas de uma mulher carregando um filho na barriga e sem dinheiro.

— Você está correndo nessa busca e em uma vingança que vai te enterrar vivo. Seu pai está morto, George — disse, com cuidado. — Não se impõe vingança a mortos. Você está apontando uma arma para sua própria cabeça.

— Minha mãe ainda vive. Ela vai pagar por ele.

— E acha justo com sua mulher? — Pietro perguntou.

— Desde quando a vida foi justa? Foi com Susan? Foi com você, te tirando tudo quando era uma criança?

Seu olhar se escureceu imediatamente. Vandik nunca falava da morte da família, esse era um assunto intocável. Arrependi-me no mesmo minuto por ter sido tão indelicado.

Ele se levantou, virando o vinho todo de uma vez.

— Vejo você no baile. Quero ter o prazer de conhecer a duquesa.

Ele estava irritado e aquilo era uma ameaça. Não a aceitei. Sabia que passaria. Pietro nunca faria mal a mim. Mesmo do seu jeito torto, era um bom amigo.

Acabei de tomar minha bebida. Olhei para as mulheres que estavam no bar e outras espalhadas no salão de jogos. Da mesma forma, nenhuma me chamava a atenção. A noite tinha terminado. Pela manhã, retornaria ao castelo, para minha mulher. Com toda certeza, se a tivesse por mais algumas noites, o frisson passaria. Aquilo tudo era o desejo por ela ser minha duquesa. Era novidade estar casado e, juntando ao proibido, por ela ser minha forma de vingança e eu estar me privando daquilo, me atraía ainda mais.

Nada que algumas noites com Helena em minha cama não resolvessem.

Na verdade, na minha cama, no divã, no tapete persa, na mesa do meu escritório... Oh, céus, os lugares que imaginei nos últimos dias eram infinitos!

Eu estava encrencado.

Capítulo 13

"Eu o amaria, dia após dia, e ele se encantaria por minha pureza, como todo bom marido, e, no escuro, somente a luz da lua seria testemunha do nosso pecado."
(Diário de Helena, Londres, 1801.)

HELENA

Meu coração estava acelerado. Juntei o que restou do dinheiro que George deixara para as despesas da modista e solicitei a carruagem, para ir até ela. Não poderia levantar suspeitas.

Dali, iria a pé até o bordel que conhecia. Nunca tinha estado lá, e damas, teoricamente, não deveriam saber onde encontrar um. No entanto, esses se proliferavam pelas ruas de Londres e ficava impossível esconder sua existência.

Quando o cocheiro me deixou em frente à modista, disfarcei e consegui passar pela porta sem ser vista por ele, mais preocupado em observar dois moleques que discutiam por uma bola.

Precisei andar várias ruas até encontrar o bordel que procurava. O local era um cadáver velho em uma rua suja, mas, segundo as línguas fofoqueiras dos bailes, por dentro era um dos mais luxuosos e comandado por senhorita Nataly, uma jovem prostituta que levava os homens à loucura e os fazia deixar fortunas em sua cama. Ela era uma lenda. Era com ela que pretendia me encontrar.

Bati à porta, olhando com medo para trás. Era perigoso damas andarem sozinhas pelas ruas de Londres; bandidos e estupradores estavam por toda parte.

Uma pequena fresta foi aberta e um par de olhos negros me olhou com curiosidade.

— O que deseja, senhora?

— Falar com senhorita Nataly — respondi.

Ela tentou fechar a porta, com medo. Coloquei o meu pé para impedir.

— Diga que venho pedir um favor e trago muito dinheiro em retribuição.

Ela assentiu e saiu. Esperei por mais alguns minutos até ela voltar.

— Pode entrar. Ela vai recebê-la.

Quando as portas foram abertas, não pude deixar de ficar surpresa. Apesar da extravagância, o lugar era lindo. Todo revestido de veludo vermelho e preto, o grande salão não combinava com o casebre velho por fora. As mesas de mogno escuro, todas entalhadas, denunciavam que o público à noite era numeroso. O bar estava fechado, mas havia um arsenal incontável de bebidas; e a um canto estava montado um pequeno palco adornado por um lustre que lembrava os dos famosos teatros de Londres.

— Por aqui... — ela me chamou, tirando minha atenção do salão.

Subimos por uma escada para o andar de cima e fui levada a um camarim, onde senhorita Nataly me esperava sentada em uma elegante poltrona vermelha.

— Deixe-nos a sós, Meri — pediu para a jovem que me acompanhou. — E feche a porta.

Nunca tinha visto uma mulher mais bela. Seus longos cabelos ruivos ondulados combinavam perfeitamente com os grandes olhos verdes que me encaravam com curiosidade. As sardas estavam maquiadas, mas ainda eram visíveis. Mesmo nesse horário da manhã, ela usava batom vermelho, que contrastava com sua pele clara. O corpo voluptuoso era marcado pelo vestido indecente, que deixava seus seios saltando do decote.

— *Ma chérie,* seja bem-vinda — disse, com sotaque francês. — O que deseja?

Fez sinal para que me sentasse à sua frente.

— Preciso de instruções. E estou disposta a pagar por isso.

Ela sorriu.

— Não durmo com mulheres, *merci!* — Estendeu a mão.

Corei com sua insinuação.

— Não entendeu, senhorita Nataly. Só quero que me ensine a arte do amor com suas palavras, nada mais que isso — expliquei.

— *Pardon*, não posso abrir exceção. Dinheiro não é problema. Depois, outras mulheres saberão e virão bater nessa porta. Este não é meu trabalho.

— Disseram que você ajudava muitas a salvar seus casamentos...

— Boatos, *ma petite*, boatos. Por isso não devo aceitar. — Ela colocou suas mãos carinhosamente sobre as minhas. — Se acerte com seu marido. Amor sempre é melhor que sexo, acredite em mim.

Balancei a cabeça. Não poderia desistir, não estando ali.

— Não é sobre amor. Sou uma duquesa. Posso te oferecer muito mais que dinheiro. Te ofereço proteção e fico te devendo um favor que pode me cobrar quando quiser, da forma que desejar.

Ela me olhou, parecendo tentada dessa vez. Aquela mulher tinha todo o dinheiro de Londres que precisasse. Os homens deixariam o que ela pedisse. Pensei com tristeza que até meu marido poderia ter passado ali nos últimos dias.

— Me diz só uma coisa. Se não é sobre amor, sobre o que é? — perguntou, me olhando nos olhos com preocupação.

Tinha um sorriso meigo por trás daquele batom vermelho. Não era uma prostituta que falava comigo. Era uma mulher preocupada com uma amiga que ela nem conhecia. Senti pena, imaginando o que a levava àquela vida, como tantas outras na Inglaterra. Com o aumento da desigualdade social e do desemprego, aquilo se alastrava como uma praga.

— Vingança — disse olhando nos seus olhos. — Não posso mais ser humilhada! — completei.

Ela assentiu.

— Prometo que nunca ninguém saberá que estive aqui e, quando precisar, não importa o que for, me procure. Farei o que for preciso para te ajudar.

— Combinado. Me diz seu nome.

— Claro. Sou Helena, duquesa de Misternham.

— Ah, você é a famosa duquesa escolhida por George.

A forma como ela disse o nome do meu marido com intimidade me incomodou. Só não deixei transparecer. Talvez ela até conhecesse seus gostos na cama e isso me ajudasse.

— Helena, *le sexe* para os homens é diferente do que é para nós, mulheres. E vou te explicar todos os detalhes. A primeira coisa que precisa compreender, *ma chérie*, é que na cama não existe espaço para vergonha, pudor e muito menos amor. Não para os homens. Se quer satisfazer seu marido, esqueça seus sonhos, os poemas e tudo que imaginou e se entregue ao corpo e ao que sente nele.

Assenti, absorvendo cada palavra do que dizia.

— Nunca perca o contato visual. Seduza seu marido com os olhos e, por fim, com a boca. Use-a em todos os lugares que puder imaginar. Isso inclui todas as partes do corpo de um homem.

Senti meu rosto combinar perfeitamente com o restante da decoração daquele lugar. A declaração dela me fez corar terrivelmente. Como isso era possível? Eu não estava preparada para o que buscava. Tinha sido um engano, um terrível e grande engano!

Tentei levantar.

Nataly me segurou pelo braço.

— Fique onde está e não se assuste. Nada do que estou dizendo é ruim ou vai te ferir. Você só não está acostumada. Helena, sente atração por seu marido? Quando ele te toca, faz você sentir coisas?

Lembrei-me da primeira noite em que estivemos juntos, de como perdi o controle, do abismo em que caí sem ao menos saber para onde ia. Pensei em como desejava retornar para lá, como nunca desejei outra coisa em toda minha vida, e me odiava por isso. Ansiava por seu toque, por seus beijos, por qualquer migalha sua, e me enganava muitas vezes pensando que era só vingança. Como era tola! Ia muito além de vingança.

— O seu silêncio já diz tudo, *ma chérie*. Está nas mãos dele na cama. Não deve. O poder tem que estar nas suas mãos. Você o detém. Tem que ser a senhora dele e nunca o contrário. Compreende?

— Não acho que consiga ser como você — refleti mais para mim mesma —, cometi um engano vindo aqui.

— Não. Agora é uma questão de honra te ensinar. Homens são fortes vestidos diante da sociedade, mas perdem todo o poder diante de uma mulher nua. Isso só depende de você, Helena. Olhe pra mim, você o deseja, lembre-se de usar isso a seu favor. Aproveite para se deleitar nesse momento, mas mantenha o foco na sua vingança. Onde está seu marido agora?

— Com alguma outra mulher.

— Pobre *chérie* — ela estendeu a mão e acariciou meu rosto —, lembre-se disso quando o vir e use suas armas. Vou ensinar todas elas a você. Vamos começar até pela forma como você se alimenta perto dele, no jantar, quando estão a sós, até o momento em que tira a roupa para ele. Tudo, tudo é uma questão de estratégia.

E assim ela começou a descrever detalhadamente coisas que nunca imaginei nem em sonhos. Cada palavra era memorizada, cada gesto imitado, cada atitude minimamente calculada.

Ao entardecer, me despedi de Nataly, considerando aquela mulher que vivia à margem da sociedade e que talvez nunca mais encontrasse, uma amiga. De longe avistei a carruagem que me trouxe e, disfarçadamente, fingi que saía da modista. O cocheiro de nada desconfiou.

O caminho de volta foi cheio de reflexões e, quando coloquei meus pés no castelo, senti que estava mudada. Tinha saído dali como dama e retornava como cortesã — ao menos de alma.

Capítulo 14

"Nada pode ser maior infortúnio para um homem que se encantar por uma mulher. Não digo por sua beleza. Isso o fazemos sempre. O erro reside em nos apaixonarmos por sua audácia."

(Anotações de George, Londres, 1801.)

GEORGE

Cheguei em casa tarde da noite. Era proposital. Não estava disposto a encontrar minha mãe, muito menos Helena.

Exausto, fui direto para o meu quarto. Não pude deixar de notar a claridade que vinha por baixo da porta do quarto dela. Ainda estava acordada a esse horário? Por qual motivo?

Senti uma vontade descontrolada de entrar lá sem pedir licença, como me era direito, arrancar sua roupa antes que ela se desse conta, e tomá-la ali, de pé, encostada à parede do quarto, porque não daria tempo de arrastá-la para a cama. Senti-me um selvagem. O que estava acontecendo comigo?

Respirei fundo e fiz questão de trancar a porta de comunicação. Ou cometeria uma loucura e não era uma boa hora. Me despi e entrei na banheira que já estava à minha espera. Aquilo me acalmaria.

Quando deitei na cama, sabia que teria uma longa noite pela frente.

Pela manhã, me tranquei no escritório sem comunicar minha chegada. O baile seria à noite, então todos já previam o meu regresso. Coloquei todas as finanças atrasadas em dia e, ao me inteirar dos assuntos da propriedade, descobri que Helena deixara tudo nas mãos de minha mãe, que gastara mais dinheiro do que necessário, expulsara dois criados e castigara outros três. Aquilo me irritou tanto que decidi adiantar a conversa com minha mulher. Ao que parecia, se dissesse para ela comer, ela faria jejum por um ano. Seu prazer era me desagradar.

Procurei-a por toda parte. Ela não estava em canto nenhum. Seu novo hobby também deveria ser se esconder de mim. Fui procurá-la nos jardins e, de longe, pude vê-la olhando para o grande lago florido que, nessa época do ano, era particularmente encantador por conta das ervas daninhas que enfeitavam toda a sua volta. Ela estava maravilhosa em um vestido simples de cambraia rosa-claro, que deixava sua pele pálida e contrastava com o verde da vegetação. Seus cabelos estavam soltos, balançando ao vento. Qualquer outra dama estaria usando-os presos, manteria um xale nos ombros e as luvas nos braços. Não Helena. Os braços estavam cruzados, provavelmente porque tinha frio.

Ela parecia pensativa, e daria metade da minha fortuna para saber quais eram seus pensamentos.

Caminhei devagar para não assustá-la.

— Vejo que cuidou com primor de tudo que deixei nas suas mãos. Acredito que esteja aqui para analisar o tamanho das minhas terras, para estimar o quanto valem e depois vendê-las para o primeiro comprador que aparecer, minha senhora! — ironizei.

Ela se virou, surpresa com minha chegada. Não sorriu ao me ver. Afinal, não éramos um casal apaixonado. Não teria um abraço caloroso da minha mulher depois de, teoricamente, ter ficado dias em Londres atrás de amantes.

Esta propriedade ficava próxima da cidade. E já desejava arrastá-la para lá por um tempo, só de me deparar com seu olhar que me encantava.

— Na verdade, estava caçando o melhor lugar para fazer uma cova... Estou em dúvida ainda. Quer dar alguma sugestão? — brincou, com um sorriso maligno nos lábios.

Não aguentei. Por mais que tentasse me manter sério, gargalhei.

— E essa cova seria para quem? E de que tamanho?

— Estava calculando exatamente isso. Precisa ser grande, já que é para duas pessoas — disse, fazendo menção de que incluía a mim e à minha mãe.

Adorava seu humor sarcástico. Mulheres costumavam ser tão sem graça fora da cama. Helena era excepcional. Desviei os pensamentos, me focando no que viera fazer ali.

— Não achou que deveria ter se concentrado em cumprir minhas ordens na minha ausência?

— Não, não achei! — respondeu sem pestanejar.

Precisei de alguns instantes para absorver a resposta. Era petulante demais para uma pessoa só.

— Creio que me enganei na escolha de esposa; talvez os ares de Paris façam bem para sua pele... — ameacei. Palavras vagas e sutis não estavam resolvendo. — Tenho lindas casas de campo por lá. Acredito que posso adiantar sua partida.

Sua expressão não mudou para assustada; ao contrário, ela abriu um sorriso maior do que poderia caber naquele rosto delicado.

— Tenho minhas próprias convicções de que, no momento, sou mais útil para Vossa Graça em Londres. Enquanto isso, creio que precisa se concentrar em entender que não se casou com um cavalo ou uma égua, como imagina todos os dias, e que não vou cumprir suas ordens como um dos seus criados. Sei que você é filho único, um garoto mimado que sempre teve tudo e não conheceu limites, como sua mãe mencionou. Contudo, sou um ser humano e mereço o mínimo de respeito.

Seus olhos faiscavam de ódio, apesar do seu sorriso.

A menção às palavras da minha mãe a fez cometer um erro terrível. Segurei seus braços, querendo calar sua boca.

— Não se atreva a questionar minha autoridade. Entendeu? Como ousa falar comigo assim? — gritei.

Imprimi força excessiva ao segurá-la e ela se assustou. Violência parecia ser algo que ela conhecia bem. Arrependi-me no mesmo instante, diminuindo a pressão.

Tinha vontade de fazê-la engolir tudo que dizia. Como estava enganada! Não conhecia Susan, não sabia do meu passado, de como tinha sido privado de tudo que mais amei na vida. Ela, sim, fora mimada e ficava ali fazendo juízo de forma errada.

Não sabia como lidar com aquela mulher. Qualquer outro homem a levaria para o quarto e lhe daria uma bela surra. Eu era incapaz de tal atitude. Não estava em minha índole encostar um dedo em uma mulher. Mas minha paciência estava por um fio. E não tinha nada que ela gostasse, não tinha vínculos. Como castigar Helena? Como, Deus?

Ela nunca chorava, nunca se abatia, não conhecia suas fraquezas, não tinha amigas a quem se apegar, a família ficara para trás. Nada. Era dura feito uma pedra. Não temia nada, minhas ordens, minha mãe... nada.

De repente, me peguei temendo aquela mulher. Dentre minhas armas, nenhuma tinha poder sobre ela. Era soberana e ainda controlava meus desejos como nenhuma outra.

E precisava dela, ali em Londres, por algum tempo.

— Vá para o seu quarto. Está proibida de sair de lá, a não ser para o baile. Todas as refeições serão servidas ali; não vai pisar nos jardins, nem mesmo nas escadas. Entendeu?

— Estou de castigo? — perguntou, dando um sorriso debochado.

— Não. Estará ao meu dispor! — respondi com satisfação.

— Como quiser, milorde — disse com uma reverência.

O problema é que era uma falsa reverência. Nem sequer um fio de cabelo seu se rendia aos meus pés.

Irritado, fiquei olhando-a se afastar. Mais tarde, fui para o meu quarto, verificando se ela estava no dela. Ao menos, desta vez, ela tinha me obedecido.

Comecei a me arrumar para o baile. Não poderíamos sair tarde, já que nos últimos tempos o aumento excessivo de cavalos prejudicava o trânsito próximo a grandes eventos.

Estava ansioso. Isso era estranho. Odiava aqueles eventos. Talvez porque fosse apresentar Helena e envergonhar minha mãe na mesma noite. Deveria ser isso. De pé, na sala, olhando para as escadas enquanto a aguardava descer, me dei conta de que era muito mais que isso. Estava ansioso por vê-la vestida de gala, como na noite em que a vi pela primeira vez, e estava imaginando como seria tê-la em meus braços para uma valsa. E, finalmente, despi-la no final da noite. Esses eram os planos.

Escutei passos e olhei para cima. Nada me preparou para o que vi.

Primeiro, os seus cabelos, divinamente encaracolados e presos em um coque que os deixavam rebeldes e soltos; depois, o vestido que era indecente e deixaria quem quer que a visse imaginando praticamente tudo que estava por baixo. Seus seios pareciam saltar pelo decote e o espartilho estava tão apertado que eu duvidava que ela respirasse. E, por fim, ela vestia nada menos do que preto!

Seu rosto se iluminou pelo meu espanto, e o sorriso foi inevitável.

— Não sabia que estava de luto... Será que me passou algum detalhe? Cheguei a me preocupar. Alguma tia distante? Perdeu alguém que não sei?

— Não perdi ninguém — respondeu, sorrindo ainda mais, o que a deixava com os olhos brilhantes e, que Deus me ajudasse, como ficava linda. — Eu me casei.

Senti vontade de colocá-la em meus ombros e arrastá-la para a cama, tirar seu vestido e, depois de me aproveitar do seu corpo, fazê-la se vestir como lhe era devido. Mas ela estava perfeita para os meus planos.

Abri um sorriso cúmplice.

— Está de luto pelo casamento? — indaguei. — E me permite saber o que perdeu para ficar de luto?

— Não creio que vá querer saber. Perderíamos o baile! — respondeu, descendo as escadas lentamente, seus olhos fixos nos meus até chegar próxima ao meu corpo.

— Não creio que esteja disposto a perder esta noite com assuntos fúteis de sua esposa! — sussurrou perto do meu ouvido.

Senti que nunca mais poderia me mover. As suas palavras tinham enviado estímulos a todas as partes do meu corpo. Onde ela tinha aprendido isso? Helena não era essa mulher sedutora que estava na minha frente. Nunca! Tinham sequestrado a minha inocente Helena e trouxeram outra que acabaria comigo!

Paula Toyneti Benalia

Capítulo 15

"Que amar seja sempre meu mal, nunca odiar."
(Diário de Helena, Londres, 1800.)

HELENA

Minha mente se tornou um manual de instruções. *"Olhar fixo, manter o contato visual é primordial"*, dizia senhorita Nataly. *"Sussurre palavras ao ouvido dele, não importa que sejam coisas para o irritar, isso terá efeito"* — me garantiu. Nataly me ensinou que a sedução, os olhares, provocar o desejo do outro eram muito mais poderosos que o que se praticava na cama.

Pude perceber como ele se retesou com minhas palavras. Havia funcionado. O que Nataly não me avisou foi sobre o efeito contrário que aquilo teria em mim. Manter o olhar fixo ao dele me embebedava. Seus olhos eram como uma noite de lua cheia. Negros como nunca tinha visto e brilhavam no centro, reluzindo. Eu não via necessidade de piscar e me esqueci completamente de respirar.

Quando me aproximei do seu corpo, alguma coisa entrou em colapso no meu e achei que desmaiaria.

George não parecia irritado com a minha roupa inadequada, mas perturbado com a minha presença. A roupa era um artifício para seus planos contra a mãe.

— Minha mãe já nos aguarda na carruagem! Devemos nos apressar.

Assenti. Ele estendeu o braço, para que entrelaçasse o meu. Esperava pela reação da minha sogra, ansiosamente.

George me ajudou a subir e lá estava ela, me olhando com o espanto de quem tinha avistado um lobo nos arredores da floresta.

— Mas... mas o que é isso? — perguntou, apontando para mim.

— Depende, minha mãe, do seu nível de demência — George a atacou. — Esta aqui é minha duquesa, lady Helena. Esqueceu que já a apresentei?

— Não se faça de cínico, George. Que roupas são essas que a deixa vestir; ela está de luto?

— Não, mamãe. Helena apenas tem gostos peculiares.

Sorri para ela, completando a resposta, no intuito de deixá-la irritada antes do baile. À beira de um colapso nervoso, ela se conteve, pois sabia que, pela expressão de George, quanto mais se irritasse, maior o divertimento dele.

Não tinha muitas coisas em mente sobre o que fazer naquela noite. Sabia por certo que ser apresentada como a duquesa de Misternham após um casamento às pressas, chegando com aqueles trajes, já seria escandaloso o suficiente. O resto eu improvisaria.

Quando nos aproximamos da mansão Hestisardi, onde seria o baile, me permiti pensar se minha família estaria lá. Com toda certeza, sim, e me perguntei por que não tinha pensado nisso antes. Aquilo me causou um certo desconforto. Não queria vê-los, mas acho que já estava na hora. Agora estava em posição superior e, sim, começaria a humilhá-los publicamente.

A carruagem parou. George me ajudou a descer, sem se preocupar com a mãe. Como um casal recém-casado e apaixonado, ele pegou no meu braço e dirigiu um longo sorriso a mim. E assim nos dirigimos para a mansão.

Os olhares eram inevitáveis — muitos curiosos, vários invejosos, alguns escandalizados, outros surpresos —; as reações eram adversas, e eu estava adorando tudo. Me vingar daquela sociedade que, dias antes, me ignorava nos bailes, me tratava como um ser invisível, era esplêndido.

Meu vestido parecia ter o peso do poder e, por onde passávamos, as pessoas se curvavam ao que representávamos.

O salão estava alegre e muito iluminado, com castiçais por todos os lados. Assim que George me acomodou em uma cadeira, foi buscar um cartão de dança para mim. Sua mãe se afastou; pelo visto, não estava feliz com nossa entrada triunfal.

Esperei paciente por meu marido, que retornou logo depois me entregando o pedaço de papel que já me encheu a mente de ideias.

— Me daria a honra de ser o meu par nas duas primeiras danças? — perguntei a ele com sorriso travesso.

Seu olhar foi de espanto. Mesmo que já esperasse por escândalos de minha parte, ele não imaginava tamanha audácia. Não era segredo que dançar com o marido era a maior falta de educação nos bailes londrinos, o que sempre considerei infame, já que você deveria poder dançar com seu cônjuge. Outro enorme pecado era dançar duas vezes com o mesmo par, na mesma noite. Eu cometeria os dois em um único dia.

— Será um prazer, milady! — ele respondeu em uma reverência. — Vamos dar uma volta pelo salão. Quero apresentá-la a alguns conhecidos — meu marido gentilmente pediu.

As coisas tinham mudado de tom entre nós nesse lugar. Não havia espaço para brigas. Éramos para todos um casal em perfeita sintonia; ainda que dias antes ele tivesse deitado em outras camas, Londres parecia não se importar com isso. As mulheres deveriam ser tolas e perdoar todos os deslizes de seus maridos e recebê-los de braços abertos, mesmo que cheirando a uísque e perfume barato. Esse era o preço a se pagar por usar saias. Não para mim, pensei!

Mas por mais que odiasse estar nessa posição, alguma coisa dentro de mim se orgulhava por estar de braços dados com esse homem que monopolizava os olhares de todas as mulheres do salão. O fraque perfeito que parecia ter sido esculpido para ele; a gravata sempre desarrumada que o deixava com um ar de perversão; a barba negra que se formava e juntava com os cabelos negros na mesma proporção; os olhos intensos e deslumbrantes; tudo nele era um conjunto perfeito que, como por magia, fazia com que as pessoas ficassem hipnotizadas pela sua beleza. Isso me perturbava.

Enquanto caminhávamos, ele avistou um rosto amigo e parou, esperando que aquele homem viesse ao nosso encontro. Não pude deixar de notar que ele passou o braço na minha cintura, levando meu corpo ao seu encontro, como se me protegesse. Percebi que algo naquele novo visitante o incomodava e guardei a informação como uma arma.

O homem em questão era diferente de todos que já tinha visto em Londres. Primeiro por sua forma de andar. Era relaxada, não tinha a compostura de qualquer outra pessoa convidada a estar em um salão como esse. Depois, o seu olhar era perverso, como se despisse qualquer dama. Ele vinha em nossa direção e mantinha seus olhos fixos em meus peitos. Também sua vestimenta não estava nos termos para o evento; sua camisa tinha alguns botões abertos e ele não usava gravata, ou qualquer outra coisa que mantivesse seu colarinho fechado. Aquele homem era o pecado em pessoa.

Ao se aproximar, fez uma reverência e beijou minha mão. Senti George se retesar.

— Quero apresentá-la a um grande amigo, o sexto conde de Goestela, Pietro Vandik. — Fiz uma pequena reverência, imaginando como um homem tão polido como George poderia ter um amigo como aquele. — Nos conhecemos em algumas viagens mundo afora e nos tornamos grandes amigos — meu marido completou, como se lesse meus pensamentos.

Perguntei-me novamente: se eles eram grandes amigos, por que temia tanto sua presença perto de mim? Era incoerente.

— É um prazer finalmente conhecer a duquesa de Misternham. Estava ansioso por esse encontro! — disse com um sorriso no rosto que era uma mistura de simpatia com algo mais que eu não soube decifrar. No entanto, ao que tudo indicava, George captou, pois me puxou de novo para si. Céus, ele estava com ciúmes e precisava me aproveitar disso, pensei.

Alguém chamou meu marido e ele, relutante, precisou me deixar por alguns instantes aos cuidados de Pietro, que não perdeu a oportunidade para se mostrar.

— Me concederia uma dança na sua caderneta? — Ele curvou uma das sobrancelhas, esperando minha resposta, e pensei se aquela expressão poderia deixá-lo mais bonito. Sim, poderia! Deixava-o pronto para arrastar qualquer mulher para cama.

Considerei que o senhor Vandik era um homem extremante perigoso e isso me fez responder prontamente:

— Adoraria.

Abri a caderneta e anotei seu nome em duas valsas. Eu queria ser o escândalo da noite e aproveitar para irritar meu marido. Seria o golpe perfeito. Fiz alguns rabiscos e inverti a ordem. Tinha deixado as primeiras valsas para George, mas decidi deixá-lo para o fim. Queria-o em meus braços terrivelmente irritado, para então sussurrar palavras ao seu ouvido que o deixassem à beira de um colapso.

— Creio que você não seja um homem adepto às normas sociais... — joguei as cartas na mesa, me arriscando.

— Prefiro estar morto antes disso — Pietro respondeu, intrigado.

— Então reservei as duas primeiras valsas para desfrutarmos juntos — disse perigosamente. O jogo a que me propunha não era para meios termos. Ou me arriscava ou me escondia em casa. E não estava aberta à segunda sugestão. — Lhe encontro depois do jantar.

O sorriso que ele abriu foi impagável. Ele era amigo de George, mas por algum motivo queria irritar meu marido. E estava pronto para isso.

George voltou e fechei a caderneta rapidamente para que ele não a visse.

— Nos vemos em breve! — Vandik se despediu.

— Quero apresentá-la a mais alguns conhecidos. — George pegou em meu braço e saímos pelo salão. De longe, pude ver quando meus pais entraram, acompanhados de minha irmã Elisa que, como sempre perfeita, vestia uma linda musseline rosa-claro que a deixava parecendo um anjo. Eles não me viram de onde estavam e agradeci por isso. Deixaria a infelicidade para o jantar.

Andamos por todo o salão, conversei com várias pessoas que até então não sabiam da minha insignificante existência, muitos me questionaram sobre o luto, e garanti que era apenas meu gosto por roupas escuras.

Enquanto George se mantinha em uma conversa chata com um outro duque, reparei na lady que estava sentada e parecia entediada em um canto do salão. Ela usava um vestido verde-claro que a deixava apagada e parecia infeliz. Me lembrei de quantas vezes estive nessa posição e isso me deixou nostálgica.

Por algum motivo, precisava me sentar ao lado dela e mostrar que sabia do seu sofrimento e, mesmo não sendo o foco dessa noite, me desvencilhei de George, que pareceu não notar, e fui ao encontro da jovem.

Sentei-me ao seu lado.

— Olá! — cumprimentei, tentando puxar assunto.

Ela me olhou deslumbrada. Seus olhos piscavam em excesso, e sorri. Era graciosa demais.

— Que honra me dá conhecê-la, duquesa de Misternham! — Ajeitou-se na cadeira.

— Por favor, me chame de Helena. Quem é você?

— Ah, claro, como sou tola! — Estendeu a mão. — Lady Charlote, filha do duque de Hasterman, aquele que está conversando com seu marido.

Sorri, adorando sua simpatia. Ela não era a garota mais linda de Londres, mas tinha belos cabelos cacheados loiros que a deixavam parecendo uma boneca, e olhos azuis que eram, no mínimo, peculiares. Perguntei-me o que a deixava infeliz e abandonada nesse canto do salão.

— Creio que está esperando alguém? — perguntei, tentando entender. — Digo, para preencher sua caderneta de dança.

Era isso que fazia durante todos os bailes tediosos das minhas temporadas.

— Oh, não — respondeu prontamente, parecendo embaraçada —, a minha está completa. Até tenho um noivo e meu casamento já está marcado. Tenho tudo o que uma mulher pode desejar. — Sorriu com desgosto. — Ali está ele. — Apontou para um homem que se aproximava da roda em que estavam George e seu pai. — É um marquês, muito importante e com muitas propriedades.

Olhei para um senhor de uns cinquenta anos, barrigudo e careca, e entendi o que deixava Charlote em extremo estado de melancolia.

— Ele é um primo distante e estamos prometidos desde o dia em que nasci. Ele é adorável.

Ela tentava se convencer disso, que parecia não entrar na sua cabeça.

Coloquei minha mão no seu ombro, com pena da jovem que, como tantas outras e como eu mesma, teria seus sonhos destruídos por um casamento arranjado.

— E por que me parece infeliz? — perguntei.

— Não é o casamento, sabe — Charlote resmungou —, sempre tive um espírito aventureiro. Imaginei que poderia realizar grandes feitos antes de me casar. Mas parece que vou ser só a filha do duque de Hasterman e, quanto mais perto da data do casamento, mais percebo que ninguém vai se lembrar dos meus feitos em Londres, entende? Não quero ser lembrada só como a filha do duque, a mulher do marquês. Quero ser alguém mais.

Sorri pela sua ingenuidade. Ela queria algo que nem sabia o que era. Achava que uma aventura substituiria o que na verdade só estaria completo com um amor.

Eu não poderia mudar isso, mas poderia dar uma grande aventura para Charlote. Sim, em alguns dos meus escândalos poderia colocá-la por trás, como coadjuvante, e se isso a fizesse se sentir importante, me faria feliz também.

Sorri para aquela garota. Precisava de amigas. Sentia-me muito solitária nos últimas dias.

George nos olhou e veio em nossa direção. Sussurrei algumas palavras ao ouvido dela antes que ele se aproximasse.

— Vamos jantar, milady! — anunciou.

— Adoraria.

Tinha grandes planos para o jantar, junto com Charlote. E tinha o baile, a noite em casa, tinha tantas coisas, que ele nem imaginava!

Paula Toyneti Benalia

Capítulo 16

"A vingança seria doce, como um bom vinho envelhecido e esperando para ser tomado. E esse cálice seria solitário. Nunca compartilharia nenhum tipo de sentimento, seja ele amor ou ódio."

(Anotações de George, Londres, 1801.)

GEORGE

Eu já odiava tudo o que aquilo representava. O baile, a ansiedade, a hipocrisia, as falsidades e tudo que continha o pacote de se fazer parte da elite londrina. E, não obstante, tinha Pietro que, ainda irritado pelas minhas palavras no clube, estava provocando minha mulher. Eu vi os seus olhares. Eram de caça. Conhecia-os de longe. E por mais que não desejasse entrar no seu jogo, minha vontade era convidá-lo para um duelo. Por Deus, eu estava enlouquecendo por Helena. Ela estava acabando com minha sanidade.

De mulher recatada, de dama excluída da sociedade, hoje ela catalisava todos os olhares invejosos. Os homens pareciam devorar seu decote. As mulheres queriam ter sua audácia. E eu desejava trancá-la em casa.

Avistei-a conversando com a filha do duque de Hasterman e, de tudo o que ela fazia, aquilo me pareceu como a única coisa coerente. Eu tinha laços importantes com aquele homem, e uma amizade entre as duas me pareceu ser ideal.

Aproximei-me e a chamei para o jantar que já seria servido. Pedi que a lady, sua nova amiga, nos acompanhasse. Helena nos apresentou. Peguei nos braços das duas e fomos até a elegante sala de jantar. Minha cadeira estava disposta ao lado de Helena.

— Será que Vossa Graça faria a gentileza de deixar o lugar para lady Charlote? Desejo sentar perto dela esta noite! — Helena me pediu.

Considerei o pedido por um instante, ciente do insulto que era mudar os lugares na mesa quando a anfitriã os havia distribuído com cuidado. Abri um sorriso.

— Como quiser, milady.

Helena estava querendo fazer de tudo para ser o escândalo a que se propunha e já podia escutar nas rodas alguns burburinhos a seu respeito.

— Charlote, aceita? — Helena perguntou.

Então me dei conta de aquela moça era uma dama e que provavelmente seria castigada pelo pai se fizesse tal coisa.

— Mas é claro que sim! — respondeu com um sorriso que me lembrava o de Helena quando estava tramando algo.

Ao que parecia, Helena tinha encontrado uma amiga em Londres. Considerei aquilo como algo a meu favor. Precisava de coisas para punir minha mulher. Usaria isso no futuro.

As pessoas começaram a chegar e se sentar. Minha mãe, de longe, percebeu o que fazíamos e seu olhar me fuzilou por vários instantes.

Talvez por um destino fúnebre demais nessa noite, o local em que Charlote se sentaria era ao lado do meu sogro. E nada me trouxe mais prazer. Tinha contas a acertar com aquele homem repudiante.

— Que honra me dá sentar ao seu lado! — ele falou quando percebeu minha presença.

— Creio que não posso dizer o mesmo — respondi.

Seu olhar se apagou. Nossa última conversa tinha sido em bons termos. Porém, as coisas mudaram.

— Bem, já que Vossa Graça está aqui, poderíamos combinar de fumar alguns charutos uma tarde dessas, na sua casa. Falaríamos de negócios e poderia visitar minha filha — comentou, achando que minha forma rude de tratá-lo era pela sua ausência de visitas.

Deixei que um criado me servisse uma taça de bebida antes de responder. Que homem imbecil!

— Creio que não seja bem-vindo em nossa residência — disse, apreciando o bom vinho. — Está proibido de visitar Helena ou colocar os pés em minhas propriedades. Se tem uma coisa que repudio, Márquez, é a covardia de um homem.

Ele me olhava assustado.

— Eu não sei bem que mentiras Helena contou a você, mas posso me explicar...

— Creio que se você ficar quieto terá meu respeito essa noite. Tem certas coisas que não precisam de explicação.

Lembrei das marcas de sangue no vestido de Helena, dela desfalecendo em meus braços, das cicatrizes que marcavam seu corpo, e odiei aquele homem com toda força.

Escutei uma risada alta demais para uma mesa de jantar, vindo de uma dama, e soube que era de Helena, antes mesmo de olhar. Por mais que soubesse que ela estava encenando para escandalizar toda a sociedade, era tão contagiante que não pude deixar de sorrir. Olhei para ela, do outro lado da mesa. Gesticulava enquanto contava alguma coisa para meia dúzia de pessoas que pareciam hipnotizadas por seu assunto. Seus olhos faiscavam de alegria e me perguntei para onde ia tudo aquilo quando ela entrava em casa. Charlote tentava se conter ao seu lado, mas não obtinha muito sucesso.

Observei que minha mulher exagerava no vinho, o que era totalmente impróprio. Tudo era impróprio em relação a ela nessa noite. Então olhei para minha mãe, que mantinha a cabeça baixa, os punhos cerrados nos talheres, vermelha como o vinho que enchia seu cálice.

O triunfo que senti me deixou em estado de profunda euforia. Estava começando a vingar Susan, e isso era inestimável. Tive vontade de me levantar e abraçar Helena por me proporcionar tal feito.

A refeição começou a ser servida, me tirando o foco. O primeiro serviço trouxe uma sopa *à lá reine*, que estava terrivelmente forte, e fiz um esforço absurdo para terminar e não ser indelicado com a anfitriã.

Olhei de relance para Helena que, comendo, parecia comportada. Ao que tudo indicava, ela não tinha planos para estragar o jantar. Na sequência foram servidos peito de vitela, pernil de carneiro e pato selvagem. Os pratos principais estavam agradáveis, os acompanhamentos também.

Tudo estava perfeitamente calmo, como deveria ser para um jantar na corte londrina. Até eu ouvir murmúrios e algumas expressões assustadas. Não precisei olhar para saber que era ela. Sempre ela.

Respirei fundo e, mesmo desejando que ela tornasse tudo perfeito para mim e odioso para minha mãe, temi pela anfitriã da noite. Quando por fim criei coragem, lá estava Helena olhando com piedade para Charlote, com um pedido de desculpas falso, enquanto a amiga tinha um pedaço de pato selvagem cravado em seu decote.

Gentilmente, Helena enfiou a mão no vestido e retirou o pedaço intruso, voltando-o para seu prato. Charlote pediu licença e se retirou para o lavabo. Helena sorriu para todos os convidados e voltou à sua refeição.

Minha mãe não aguentou a cena e também se retirou da mesa. O silêncio que se fez presente até o fim do jantar falou por todos. Ela tinha marcado presença. Ninguém esqueceria da duquesa de Misternham, com absoluta certeza.

Levantei-me depois de servida a sobremesa para buscar minha amada esposa e enfim levá-la para dançar. Esse seria o próximo escândalo da noite.

Aproximei-me da sua cadeira e estendi a mão.

— Vamos?

Ela sorriu, mas não estendeu a sua de volta. Vi Pietro se aproximar.

— Desculpe-me, meu lorde, mas já prometi a primeira dança ao seu amigo Vandik. Achei que seria importante tratar bem seus amigos! — declarou, virando-se para Pietro e pegando na sua mão, que já estava à espera.

Contive-me para não dar um soco na sua cara, que tinha um sorriso de satisfação. Ele estava se vingando pelas minhas palavras irrefletidas no clube, dias atrás. Tinham sido tolas, mas eram só palavras e não lhe davam o direito de dançar com minha mulher. Não que dançar fosse algo incomum nos bailes, afinal as mulheres estavam sujeitas a dançar com qualquer homem que não fosse o seu marido. Essa era mais uma regra imposta por aquela sociedade ridícula. No entanto, já havia presenciado Pietro dançando com outras, e ele se imaginava sempre em um bordel e nunca em um baile da corte.

Senti que estava ficando vermelho de raiva e tentei me conter. Quanto mais ele percebesse meu desconforto, maiores seriam suas provocações. Conhecia Pietro o suficiente para saber que nada aplacava sua ira, só nunca a tinha visto dirigida a mim. E também conhecia Helena e sabia que ela me levaria para o inferno se fosse preciso.

— Já dizia o antigo ditado: trate bem seus amigos e muito melhor seus inimigos! — eu disse com voz convincente, em tom de brincadeira.

O sorriso dos dois, em retribuição, foi venenoso. Dei espaço para ela se levantar com a ajuda dele e abri passagem.

Eu poderia arranjar qualquer outra dama do salão para valsar, provocar ciúme em Helena ou até chamar Pietro para uma briga mais tarde, se me sentisse ofendido. Tinha todas essas liberdades. Mas não o fiz. Afinal, ela era só uma peça do meu jogo de xadrez para derrubar minha mãe e vingar Susan. Ela não tinha poderes sobre mim e, se fizesse qualquer uma dessas coisas, estaria dando um poder a ela que não estava disposto a ceder.

Então, deixei que Vandik a conduzisse até o salão de danças enquanto meus olhos se fixaram à mão que passeava pelas costas da minha mulher e o imaginei pensando o que tinha por baixo do espartilho. Cerrei os punhos, enquanto a boca adquiria um gosto amargo; eu mostraria à Helena na cama, nessa noite, quem era seu dono, porque, sim, ela tinha um dono.

Capítulo 17

"Ter meus sonhos destruídos por aquele que deveria ser o personagem principal destes, deveria ser a minha destruição. Mas não. Usaria para salvação, nem que fosse ao menos da minha dignidade."

(Diário de Helena, Londres, 1801)

HELENA

Aquele homem era perigoso, e precisei pisar nos seus pés algumas vezes para que ele controlasse certas liberdades que impunha a mim.

— Por que está fazendo isso? — perguntei, irritada o suficiente quando a segunda valsa começou.

— O quê? Dançando com você? Ora essa, achei que você gostasse da minha companhia, já que sugeriu duas danças na sua caderneta e não controlou a ansiedade, me colocando à frente do seu marido.

Corei. Ele era um excelente dançarino, isso não poderia negar, mas de nada valia sua companhia irritante, a não ser provocar ciúme em George, que com um copo de uísque nos observava atentamente.

— Estou dizendo que amigos não mantêm esse tipo de comportamento, Lorde Vandik. Ou então, posso julgar que meu marido escolhe muito mal os que mantém.

Ele deu uma risada antes de dizer:

— Acredito que George saiba escolher tão mal os amigos como escolheu a mulher! — zombou de mim.

Talvez aquele cretino sem escrúpulos, como julguei nos poucos minutos que estive ao seu lado, pudesse pensar que me afetaria. Se soubesse como estava enganado...

Encarei aqueles olhos maliciosos, que faiscavam de divertimento e deviam encantar metade da Inglaterra com seu ar pecaminoso, e sorri em deboche, como ele fazia.

— A diferença é que amigos não o satisfazem na cama — coloquei uma mão no seu ombro, me aproveitando da dança, e sussurrei ao seu ouvido, já imaginando George nos observando —, e ele pode trocá-los em qualquer clube barato de Londres. Enquanto eu sou muito valiosa em outros quesitos.

Senti minha pele ferver pelo comentário indecente, sussurrado ao ouvido de um estranho. As palavras de Nataly eram para ser usadas somente com meu marido, porém percebi que todos os homens eram meros fantoches perante uma mulher, e achei que Pietro merecia ser castigado por sua falta de lealdade com meu marido nessa noite.

Não me afastei. Esperei por sua resposta, que demorou alguns instantes para chegar. Ao que parecia, ele estava surpreso.

— Acho que está indo longe demais. Não tenho intenções de enfrentar um duelo com George.

Joguei a cabeça para trás e gargalhei. Eu tinha apavorado o pobre homem que se mostrava tão perspicaz.

— Covarde, como se mostrou desde o início. Também não tenho intenções de ir além dessa dança com você, que já está me enjoando. Você me parece ser um péssimo amigo. Espero que apareça muito pouco em nossa residência! — completei, deixando-o sozinho no meio da valsa.

Caminhei sendo o centro das atenções daquela sociedade que, no momento, me desprezava por ser tão escandalosa. Se eles soubessem quão grande era meu desprezo por eles, não teriam coragem nem de olhar em meu rosto. Meu andar parecia triunfante a todos e fixei meus olhos em George, que me encarava furioso.

Mantive meus passos lentos. Até chegar a ele aquela valsa teria terminado e seria sua vez. Tinha muito pela frente, mesmo desejando ardentemente que essa noite terminasse em breve. Ela sugava tudo de bom que restava em mim. Era o quadro dos meus sonhos fracassados e, por mais que representasse a minha vingança, nunca traria minha felicidade.

Quando parei na frente do meu lorde, fiz uma pequena reverência e estendi a mão. Ele a pegou, apertando meus dedos de forma que gemi. Era nossa vez de dançarmos.

George me conduziu até o centro, seus passos eram firmes e ele mantinha minha mão entre as suas, apertando-as, sem aliviar. A orquestra tocou as primeiras notas destoantes de uma valsa. Ele inclinou a cabeça para o lado e me olhou como se quisesse me arremessar contra a parede. Tinha ódio e tinha desejo.

Ele me tomou em seus braços e me fez rodopiar, colando meu corpo ao seu, em um movimento brusco. Não tinha nada de delicado em seus movimentos como a música pedia.

— Gosta de palavras sussurradas ao ouvido? — disse no meu.

Meu corpo todo se arrepiou, não sabia se pelas palavras, ou pelo contato com o dele. Para mim, não tinha ninguém ali no salão nesse momento. Era como se o mundo tivesse se apagado e restado só nós dois.

— Depende de quem as sussurra... — provoquei-o.

Ele apenas sorriu, mordendo o lábio inferior. Senti vontade de fazer aquilo em sua boca, porque sentia raiva dele, mas desejava aqueles lábios também, e seria uma junção dos meus dois desejos.

— Você gosta de brincar com fogo, Helena. Isso pode ser perigoso, já que posso mandar fazer uma fogueira com Londres — me ameaçou.

Se ele imaginou por um instante que isso surtiria efeito em mim, era um tolo.

— Quando você estiver fazendo sua fogueira em Londres, estarei no campo, para onde pretende me mandar, meu lorde. Até lá, imagino que vá me manter bem viva para seus nefastos planos. Torrada, não creio que tenha proveito. Agora... — Fiz uma pausa, debruçando meu queixo no seu ombro. Aquilo me parecia tão indecente e, no entanto, tudo que pude sentir foi seu perfume. Fechei os olhos diante da sensação que me trouxe. Sorte que ele não via meu rosto. — Posso estar um pouco aquecida para esta noite e isso, sim, pode ser do seu agrado.

Não esperei uma resposta. Aproveitando o ritmo da música, me afastei em um rodopio. Ele me puxou de volta, mantendo suas mãos em minha cintura, os olhos fixos nos meus.

— Sou capaz de imaginar inúmeros adjetivos para descrever você... — afirmou ele. — Mas esta noite só consigo pensar em vários palavrões que gostaria de dizer se não estivéssemos em um ambiente tão inapropriado. Você é uma maldita, Helena. Vai se arrepender por usar desse mísero poder que detém enquanto preciso de você aqui. Em breve, será só um pedaço de carne descartável e, juro, não terei benevolência com seu futuro.

Lancei-lhe um olhar desafiador.

— Não preciso de sua piedade e muito menos das suas ameaças. Creio que você já tirou tudo de bom e roubou meus maiores bens. Então, George, vou usar da minha curta vida ao seu lado para tornar bastante infernal e insignificante a sua.

Ele balançou a cabeça.

A música parou e esperamos. Ele soltou a minha mão e ficamos em silêncio até que ela recomeçou.

Ele me olhou com intensidade e, relutante, pegou minha cintura novamente. Dessa vez, senti que ele não desejava a dança e, sim, me matar se fosse possível.

Começamos a rodopiar pelo salão. Ao menos na dança eu não parecia um desastre como em todos as outras áreas da minha vida.

Decidi tentar acalmar meu marido. Afinal, éramos um casal para todos os efeitos, eu precisava manter meus planos de engravidar e, ao que tudo indica, a ira e o desprezo que ele parecia sentir nesse momento não me ajudariam mais tarde, no quarto, onde os planos de vingança da noite terminavam.

— Espero que sua mãe esteja suficientemente infeliz para que pense em colocar algumas ervas venenosas no meu chá pela manhã — disse com voz calma. Sabia que fazê-lo pensar na ira da mãe e em como contribuí para isso ajudaria a dissipar o furor dirigido a mim.

— Aconselho-a a não ingerir nada que não seja preparado sob sua supervisão, a partir de agora — concordou comigo. — Nunca a vi tão furiosa.

Aquilo me fez pensar o que levaria um filho a ter tanto ódio da mãe. Tinha meus motivos para querer me vingar e odiar meus pais e gostaria de compreender os dele.

George ficou mudo. Seu olhar vagou para longe. Sua mente não estava mais nesse salão, estava viajando para o desconhecido.

— Já amou muito algo a ponto de sentir que aquilo era parte do seu ser, da sua existência? — ele me perguntou, me pegando de surpresa.

Neguei com a cabeça. Engoli seco, querendo no fundo lhe dizer que ele me tirava aquele direito. Seus olhos estavam sombrios e me encaravam. Só que não era mais ódio que tinha ali dentro, era mágoa.

— Na vida podemos amar várias pessoas, e elas se tornam parte do nosso ser. Quando você perde alguém de repente, é como se nunca mais se encontrasse. Você nunca mais vai ser o mesmo. Minha mãe foi responsável por me destruir por dentro, me subtraindo quem mais me importava na vida.

Nesse instante, fui tomada pelos ciúmes e desejei por um minuto ser uma dessas pessoas na sua vida. Então compreendi que nunca seria. George amava outra mulher, essa que ele dizia que sua mãe tinha tirado dele, e eu não passava de uma lembrança diária desse amor, porque era o seu objeto de vingança para sua amada.

Senti-me usada, magoada e ferida. Eu desejava ser uma mulher amada e nunca achei que meu pedido pudesse ser injusto ou incoerente. Minha vontade era sair correndo dali e entrar em um cômodo vazio, onde pudesse expor minha tristeza e gritar até não ter mais voz. Só que tudo que fiz foi lançar um sorriso de compreensão; afinal, mais do que nunca precisava ir até o fim e destruir aquele homem.

Ele já tinha se apaixonado e me escolhera para se vingar por não ter o seu amor. Esqueceu nessa negociação que eu era uma mulher que também queria amor, que buscava felicidade. Ele esquecera de tudo.

Quando a dança terminou e fomos caminhando para a saída do salão, minhas mãos tremiam. Comecei a repassar mentalmente as palavras de Nataly e calcular até onde seria capaz de ir para cumprir o meu propósito. Bem lá no fundo, me questionava se teria condições de sair intacta de tudo isso. Mas, em uma guerra, mesmo o vencedor precisa contabilizar suas perdas e contar seus mortos e feridos. Ninguém sai ileso. Precisava vencer e, depois, contabilizaria minhas perdas, me lembrando também que nunca houve espaço para o coração em uma guerra. Esse era o princípio fundamental de qualquer batalha.

Capítulo 18

"Um homem deve repudiar a violência. Isso nunca tornou o ser humano valente, só o faz covarde. Eu repudio toda forma de violência, seja ela moral, física ou psicológica."

(Anotações de George, Paris, 1799.)

GEORGE

Informei-me com o cocheiro, que anunciou que minha mãe já havia partido fazia algum tempo. Provavelmente não aguentou tanto horror para suas vistas que sonhavam com uma sociedade recebendo seu herdeiro em cerimônias gloriosas, juntamente com sua duquesa perfeita.

No dia seguinte lidaria com seus ataques de histeria, mas nesta noite me concentraria em minha mulher, que a cada minuto me deixava mais confuso, me fazendo desejá-la e odiá-la na mesma intensidade.

Entramos na carruagem e ela se sentou no lado oposto ao meu. Isso era bom, porque precisava me recuperar da torrente de sentimentos que me tomavam nesse momento. Estava pensando se seria uma boa ideia tê-la nesta noite. Não tinha controle sobre meus atos e tinha medo de duas coisas: machucá-la — o que nunca me perdoaria se acontecesse — ou cometer o mesmo erro da primeira noite em que a tomara, e isso estragaria tudo.

Quando a carruagem começou a sacolejar e o silêncio me incomodou demais, decidi perguntar aquilo que me afligia por dias:

— Suas regras, elas já vieram?

Estava escuro ali, mas pude perceber Helena me encarando com fúria. Aquilo a deixava com uma expressão que eu já conhecia muito bem. Franzia de tal forma a testa que as sobrancelhas se sobrepunham e os olhos quase se fechavam. A boca se abria como se ela quisesse despejar o mundo em palavras em cima de alguém, o que não tardava a acontecer. Sua postura, que nunca era ereta, nesse instante se tornava, como se ela ficasse pronta para enfrentar uma guerra, e os punhos se fechavam por baixo da luva, prontos para atacar. E tudo isso, ao invés de deixá-la detestável, a tornava incrivelmente desejável, a ponto de eu agradecer por estarmos no escuro ou acabaria ficando muito envergonhado.

— Não deveria responder a esta pergunta. Poderia deixá-lo na ânsia por respostas e olhando para minha barriga por meses, imaginando se cresceria ou não. Eu até poderia comer em excesso para ela crescer nos próximos dias — gargalhou com a ideia —, mas não creio que esteja disposta a tal idiotice para descer ao seu nível tão baixo, George. Sim, minhas regras desceram, para seu alívio. Não tenho um filho seu sendo gerado em meu ventre.

Senti o ar saindo com alívio de meus pulmões com essas palavras. Se ela soubesse o que isso significava...

Nesse momento senti minha raiva por ela crescer, porque brincava com meus sentimentos de tal forma, sem ter ideia do que me levava a repudiar um filho. Era egoísta e mesquinha, como todos criados nessa sociedade imunda.

Decidi que ela pagaria por todos os seus pecados nessa noite. Eu a humilharia. Era isso que ela merecia. Eu a faria descer do pedestal em que se colocava tão soberana. De repente, tudo clareou em meus pensamentos. Tinha, sim, algo que poderia tirar de Helena e sorri, como o grande vencedor de uma noite de cartas. Ela tinha algo que estava acima de tudo, acima da família, dos amigos e até do seu próprio corpo: seu orgulho. Em êxtase, comecei a bater os pés no chão. Começaria nesta noite e estenderia por dias, até que lágrimas nunca derramadas brotassem daqueles olhos e ela implorasse uma trégua.

A carruagem parou. Não a ajudei a descer desta vez. Não estava para cavalheirismo e, sim, para vingança.

Quando abri a porta de casa, olhei para seu queixo, que ela mantinha erguido. Sinal do seu orgulho. Na manhã seguinte, aquilo mudaria.

— Suba para o seu quarto! — ordenei. As minhas palavras já eram mais duras. O tom tinha mudado.

Ela parou e me olhou com estranheza.

— O quê? — perguntou.

— Suba para o seu quarto, dispa sua roupa e fique só com as de baixo. Não se deite. Me espere em pé ao lado da cama. Não desobedeça em nada.

Vagarosamente, retirei o meu cinto. Era uma ameaça silenciosa, que obviamente não pretendia cumprir, mas aquela mulher não conhecia ameaças por palavras. Precisava ser mais rude.

Seus olhos pareciam saltar para fora. Abri um sorriso de satisfação — a noite, por fim, começava a ficar perfeita.

— Vamos. Não tenho tempo para perder.

Como sempre, ela fez uma falsa reverência, com deboche. Não sei como conseguia esse feito, mas ela o fazia. Ela se abaixava muito pouco, não o suficiente, mantinha um desdém no olhar e aquilo me irritava.

Quando ela se virou para subir a escada, segurei seus braços.

— Faça isso direito. Ou ficaremos a noite toda tendo aulas de etiqueta.

— Você só pode estar de brincadeira! — ela sorriu com desgosto.

— Brincamos até esta noite, milady. Agora vamos começar a viver exatamente como marido e mulher na Inglaterra. Vamos! Já!

Ela me encarou com fúria, relutante.

Ergui o cinto que estava na minha mão para que ficasse na altura dos olhos dela, lembrando quem tinha o poder ali. Tentei não fraquejar com o mal-estar que isso me causava, porque o menor sinal de violência fazia aquela mulher ceder, e me lembrei das marcas espalhadas em seu corpo. Isso fazia eu me sentir sujo.

Com uma delicadeza que ela não tinha, se abaixou e fez uma nova reverência. Não estava perfeita, porém muito melhor que a anterior.

— Satisfeito? — perguntou em fúria.

— Está melhor. Vamos treinar todos os dias — garanti. — Agora suba e faça o que ordenei.

Fiquei olhando Helena subir, degrau por degrau, com a cabeça erguida, como um bom soldado indo para uma guerra. Quando ela sumiu de vista, peguei o cinto e fui para meus aposentos, a fim de me preparar para a minha batalha. Afinal, teria que vencer as minhas guerras pessoais também, porque só de vê-la nua sabia que perdia o controle e não poderia.

Certa vez, Pietro soltou em uma briga comigo — porque bons e velhos amigos sempre devem dizer coisas verdadeiras, mesmo que isso machuque — que eu deveria tomar cuidado para não acordar um dia e, ao olhar meu reflexo, enxergar o meu pai ali. Porque a raiva pode ser tanta que passamos a pensar obsessivamente na pessoa odiada, a ponto de nos tornamos a própria. Ela se incute em nós sem que percebamos e, de repente, somos um só. Ali, sentado, pensando no que faria com Helena, lembrei de como meu pai tratava minha mãe e me senti igual a ele — um velho nojento e asqueroso — e me senti incapaz de continuar. Então precisei me lembrar de Susan, do seu sorriso doce e em como aquilo se apagou no dia em que ela foi levada arrastada pelos cabelos para fora de casa, chorando, aos gritos.

Lembrei dos aposentos onde ela ficava enclausurada como um bandido, lembrei de tudo. Tinha que continuar. Não teria lugar para mais um covarde naquela família.

Dei o tempo que achei necessário para que ela se despisse, então abri a porta de comunicação dos quartos e lá estava ela. As velas não deixavam seu corpo iluminado o suficiente para mostrar tudo como o dia faria, mas o necessário para desvendar sua beleza. E como era linda... Não uma feiticeira, era uma deusa.

A passos lentos me aproximei da cama, onde ela me aguardava ao lado, em pé, e coloquei o cinto ali. Era a prova de que eu não estava brincando.

Procurei por resquícios de medo, pavor, e tudo o que encontrei em seus olhos foi desprezo.

Precisava tirar alguma vantagem enquanto ela ainda estava coberta com algumas peças de roupa. Quando estivesse completamente nua, receava que meu corpo fosse me trair.

— Me dispa! — ordenei. Essa noite não teria espaço para palavras delicadas.

— Já enfrentei a fúria do meu pai por tantas vezes que perdi a conta. Não temo por marcas no corpo e sei como ninguém apanhar calada — ela disse olhando nos meus olhos. — O que faz você pensar que vou te obedecer? — me desafiou.

— Porque não tenho limites! — ameacei-a mais uma vez.

Definitivamente, ela não temia nada. Poderia estar de frente a uma arma que não mostraria medo.

Surpreendendo-me, seus dedos começaram a desabotoar os botões da minha camisa, sem tirar as peças que estavam por cima e muito menos a gravata.

— Covarde, como todos os outros — ela sussurrou com desdém.

Quando uma pequena abertura surgiu, seus dedos encontraram passagem até minha pele, que se arrepiou com o toque das mãos quentes. Como um fraco e tolo, não resisti e fechei olhos, porque seu toque era maravilhoso.

— Vou te despir não porque está ordenando, mas porque quero ver você se render esta noite! — sussurrou novamente, desta vez perto do meu ouvido, prensando seu corpo contra o meu.

Seus dedos agora não tremiam como antes e, com proeza, ela tirou a parte de cima das minhas roupas, deixando as mãos percorrerem meu corpo de forma sensual. Se eu mesmo não fosse o primeiro homem que a tivesse levado para a cama, apostaria muito dinheiro garantindo que essa mulher era experiente e sabia muito bem o que fazia.

Suas mãos desceram perigosamente para as minhas calças, que ela desabotoou, me tirando o fôlego que ainda restava.

Então parou, se afastando, e começou a tirar a própria roupa.

Tentei desviar os olhos e recobrar a consciência, buscando no fundo da memória o que estava fazendo ali, os meus planos, mas estes já tinham virado fumaça. Ela me hipnotizava com o olhar e um sorriso perverso.

As poucas roupas de baixo que ela mantinha viraram um montinho no chão e lá estava ela, a minha deusa da luz — porque, sim, ela iluminava o quarto mesmo estando no escuro. Helena caminhou de volta até mim e colou seu corpo nu no meu, que ainda mantinha as calças. Seus seios entraram em contato com o meu peito e tudo se perdeu.

Segurei sua nuca, obrigando-a a olhar mais uma vez para mim, para me lembrar que não se brincava com essa mulher, e então invadi sua boca com os lábios famintos, sem conseguir me controlar, minhas mãos passeando por seus seios e escutando ela gemer nos meus braços.

Passei os dentes por seu lábio inferior, mordendo aquela boca que poderia ser o meu pecado final. Isso fez com que ela empurrasse seu corpo mais forte contra o meu e agarrasse meus cabelos.

Comecei a arrastá-la para a cama. Ela me deteve.

— Preciso terminar de tirar suas roupas, meu lorde! — ela sussurrou, levando a mão até minha braguilha, e descobri nesse instante que já tinha chegado na lua.

— Sim, sim, por favor... — foi tudo o que consegui dizer.

— Isso, implore como um bom menino. Estou tirando suas roupas porque está implorando. Compreenda que não nasceu no mundo homem para me dar ordens.

Eu deveria discutir, fazer jus àquele cinto que mantinha em cima da cama, mas me detive. Pensaria nisso mais tarde, porque no momento me sentia incapaz até de respirar, quanto mais de pensar.

E foi assim que a joguei na cama, sabendo que novamente estava indo com o inimigo, que já tinha perdido outra batalha e essa mulher seria o meu fim — sim, ela sempre seria.

Capítulo 19

"Nunca me contaram explicitamente o que se passa entre um homem e uma mulher na cama, mas creio que com meu marido há de ser belo e não haverá espaço para coisas pecaminosas, só amor e beleza."
(Diário de Helena, Londres, 1800.)

HELENA

Aquela era a primeira noite dos meus novos planos e vê-lo perder o controle mostrava que daria certo. Quando George menos esperasse, eu daria o bote.

Nessa noite, mesmo ele tendo se descontrolado e suspendido sua vingança de me humilhar, foi mais cuidadoso e, ao se desfazer de prazer, espalhou suas sementes pela cama. Mas eu sabia que era uma questão de tempo, ele perderia o receio e, quando se descuidasse, eu tomaria o controle.

Mas tinha outro detalhe que me fazia questionar o meu papel na cama também. Não era só ele que perdia o controle. Mesmo tendo sido tão humilhada e ameaçada, ao ser tocada por ele não tinha mais aquele homem que odiava. Tinha ternura, desejo e outras coisas que eu não compreendia, mas que me faziam esquecer os motivos e me entregar às emoções. E estas representavam um turbilhão a me atropelar e me deixar sem fôlego.

Embora fôssemos duas pessoas distintas naquela cama, quando nos despíamos tornávamo-nos um, porque nos despíamos de tudo... ou quase tudo — já que sua determinação a não ter filhos se sobrepunha. Entretanto, George era carinhoso, me chamava de sua, olhava nos meus olhos com desejo e não ódio, e, no final, me abraçava, e isso me fazia sentir que estava protegida do mundo, quando na verdade ele era o mundo que machucava.

Eram tantas incoerências que, quando ele se levantou para dormir em seu quarto, me deixando sozinha na escuridão, engoli as lágrimas, porque dessa vez elas insistiam em querer cair. Estava vazia sem ele. Por Deus, como poderia me sentir preenchida por um homem que à luz do dia, fora daquele quarto, era o mesmo que arrancava tudo de dentro de mim?

E, com essas incoerências, tive uma noite infernal e fui recebida pela manhã, logo no desjejum, por meu marido, que não se deteve em ler em voz alta o jornal que tinha nas mãos.

— Vejamos o que temos para esta manhã no jornal de Londres:

"Era para ser uma noite perfeitamente normal em Londres e seus extravagantes bailes da temporada — se é que podemos chamar de normal damas e cavalheiros sendo leiloados em um salão de baile. Mas, deixando as críticas à nossa sociedade para a próxima edição, gostaríamos de falar daquela que tornou a noite memorável em um Prólogo, se lembrarmos das grandes tragédias gregas em que a primeira parte da tragédia era exposta. Antes que me perguntem — não creio que seja necessário, já que seu nome estava em todas as bocas pela manhã —, estamos falando da nova duquesa de Misternham, a grande Helena, ou poderíamos chamá-la de Helena de Troia? Já que estamos falando dos nossos antepassados gregos, essa carinhosa homenagem poderia ser por sua beleza ou por começar uma guerra? Deixo para os senhores a resposta. Mas ela se vestiu de negro sem se enlutar; dançou com o marido e, escandalosamente, duas vezes com o melhor amigo deste; provocou alguns infortúnios no jantar. Vamos torcer para que nada além disso ocorra, ou teremos um incêndio nos próximos debuts da temporada. Só esperamos que o Duque de Misternham, tão famoso por seus duelos em tempos passados, não tenha que duelar pela própria mulher e que Helena não resolva escrever o epílogo de toda essa história, porque, aí sim, Deus nos livre desse *grand finale*".

Abaixando o jornal na mesa, ele me olhou com um enorme sorriso no rosto.

— Creio que se você não era vista nos bailes, agora será lembrada por muitos e muitos anos.

Sem paciência para suas provocações e muito pouco humor para sua alegria, não respondi. Porém, sorri por dentro, já prevendo as consequências que aquilo teria para minha família. Com toda certeza, os convites para os bailes diminuiriam nos próximos dias.

— Você não me parece de bom humor, que pena — me provocou.
— Que bom que estou. Já deixei um exemplar desse jornal embaixo da porta do quarto de minha mãe e, em breve, vamos escutar os gritos.

— Se você sugere que isso vai melhorar meu humor, creio que está enganado! — disse.

— Na verdade, estou mais preocupado comigo. Seu estado emocional no momento pouco me importa — revidou com desdém —, até porque estou partindo em viagem novamente esta tarde.

A menção à viagem fez com que um bolo se formasse em meu estômago. De novo suas prostitutas.

— Devo me ausentar por vários dias, não sei ao certo quantos. E, antes que me pergunte, sim, pretendo me encontrar com minhas amantes.

A forma como ele disse, querendo me magoar, chegava a ser cruel. E o que mais me incomodou foi o poder disso sobre mim. Sim, ele estava me magoando. Não era só orgulho, era algo a mais, talvez amor-próprio, por saber que, quando retornasse, ele ocuparia a minha cama novamente e eu me entregaria, mesmo com resquícios de outras mulheres em seu corpo e mente.

Será que ele pensava nelas quando me tocava? Tinha sido perfeita, como Nataly me ensinou, mas muitas das coisas que ela disse pareciam tão despudoradas que me senti incapaz de colocar em prática.

— Creio que não precisava me informar de nada, não me importo. Ficar livre de você será uma dádiva — disse com desdém.

Servi-me de alguns biscoitos para não ficar deselegante e ele perceber meu desconforto, apesar de ter perdido completamente a fome.

Ficamos em silêncio por alguns minutos. Então, não me contive.

— Só tenho uma curiosidade. Se não sou suficiente, por que não fica só com suas amantes? Disse que eu era enjoativa, que seria somente uma vez, e não cumpriu com suas palavras.

Os seus olhos se arregalaram e ele colocou a mão no peito.

— Você me ofende assim, minha duquesa. Não acho você insuficiente, apenas polida em demasia para o meu gosto, e inocente demais para me surpreender. Mas gosto de brincar com você e, até que me canse, é meu direito como seu dono.

Ergui o olhar procurando as palavras certas — que não fossem um dos palavrões que conhecia — e sorri para ele. Na verdade, foi quase uma gargalhada.

— Você mente mal. A questão é exatamente o contrário. Você se surpreende quando me tem e isso o incomoda. — Levantei-me da mesa, porque a conversa já estava se estendendo além da conta. — E não se engane sobre polidez. Quando retornar de sua viagem, estarei esperando-o para uma aventura no quarto que vai deixá-lo pensando sobre muitas coisas por vários dias — completei. Afinal, por mais que o questionasse, precisava que ele me quisesse como mulher, ou não haveria um herdeiro.

Dei as costas a ele.

— Se minto mal, você blefa pior ainda! — provocou, me fazendo olhar para ele de novo.

Balancei a cabeça. Fui até ao lado da sua cadeira e me debrucei sobre a mesa, praticamente em cima dos seus talheres. Seus olhos se fixaram no meu peito, próximo do seu rosto.

— Espere para ver minhas habilidades com a boca, e depois conversamos a respeito dos meus blefes.

George praticamente deu um salto na cadeira. Lembrei de Nataly: *"Dê aos homens o que pensar, sempre muito o que pensar, ma chérie".*

Saí da sala de jantar com o rosto corado por meu comportamento indecente e um sorriso de satisfação. Tinha cumprido bem o meu papel.

Agora planejaria meu próximo passo. Sempre um adiante do meu marido. Ele planejava se encontrar com amantes nos famosos clubes de prostituição e jogos de Londres, como todo bom marido costumava. Esse era o conceito. E o padrão era que toda boa esposa esperasse por seu regresso de braços abertos e com um sorriso no rosto. Como não era essa esposa, planejava reencontrar Nataly e descobrir com ela em qual desses clubes meu marido estaria. E então o surpreenderia com uma visita.

Aquilo me pareceu tão pecaminoso que fui acometida por uma crise de risos que não tinha havia muito tempo. A ideia não era pegar a amante no flagra. Não! A ideia era me misturar com as outras prostitutas e envergonhá-lo na frente dos amigos e, consequentemente, ficar na boca de toda Londres como o maior escândalo da história. Ele queria um escândalo? Pois bem, ele o teria servido em uma bandeja nas noites londrinas, junto ao seu uísque favorito.

Tinha receio de que Nataly não cooperasse novamente, mas acreditava que ela gostava de um desafio. Quando abri a porta do quarto, escutei alguns gritos histéricos vindo de baixo. George discutia com a mãe.

Fechei a porta e me abstive de ouvir as ofensas que eram dirigidas a mim. Afinal, tudo seguia conforme o plano. Nada fugia do que fora traçado. Passei a mão pelo peito, invadida por certa angústia que desconhecia e não me deixava pensar. Aquilo não fazia parte dos planos.

Não podia fazer.

Capítulo 20

"Provavelmente minha irmã teria o oposto do meu temperamento. Mas o que isso importava? Quando eu a tivesse em meus braços, o mundo pararia e, então, entraria em órbita novamente, e tudo voltaria a fazer sentido, pois irmãos não devem viver distantes. Essa é a verdadeira lógica da vida."

(Anotações de George, Londres, 1788.)

GEORGE

"Você me enoja. Espero que encontre Susan morta e esse seja seu castigo."

As palavras da minha mãe ainda ecoavam em minha mente. Tinha sido a pior coisa que ela tinha dito nos últimos anos — isso porque eu a humilhava publicamente. E que ela se preparasse: aquilo era só o começo!

E, como se não bastasse, as palavras cruéis chegaram no pior momento, já que naquela manhã tinha recebido uma carta de um dos detetives do caso de minha irmã, pedindo, com urgência, que comparecesse ao seu escritório em Londres.

Dentro da carruagem só conseguia pensar em desgraças após ter me preparado para o que vinha sonhando durante todos esses anos.

Meu Deus, eu não estava pronto para isso. Susan era a única coisa boa da minha vida, minha única esperança de humanidade, meu lado bom, minha certeza de felicidade, e eu não poderia perdê-la de forma alguma.

Passei as mãos pelos cabelos. A viagem parecia desgastante. Senti-me velho, carregando toneladas de peso nas costas. Lembrei-me de Helena e da forma como a irritei com a mentira de que encontraria prostitutas. Não estava propenso para tais coisas.

Quando o coche parou, minhas pernas tremiam. Sabia que dessa vez teria alguma notícia importante. Os detetives sempre esperavam por minhas visitas, nunca mandavam cartas me chamando.

Desci com receio e, quando entrei no escritório escondido no subúrbio de Londres, minhas mãos estavam suadas e meu coração palpitando de medo. Um lacaio pediu que eu aguardasse seu senhor na pequena sala escura e fétida de charutos baratos, sentado.

Obedeci, pois acreditei que as notícias precisavam disso.

— Me desculpe por fazê-lo esperar, Vossa Graça! — o homem de meia-idade, já calvo, disse.

Balancei a cabeça, garantindo que não tinha problemas.

— O que foi? — perguntei sem delongas.

— Seguimos os rastros de Susan até Nova Iorque, mas as verdadeiras pistas estavam em Paris. Susan foi para lá depois que seu pai a expulsou. — A simples menção de certezas quase me fez desfalecer. Nos últimos anos, sempre era *talvez, achamos, pode ser...* — Não soubemos muitas coisas dela, mas encontramos alguns registros e o seu túmulo. Sinto muito.

Balancei a cabeça e desviei os olhos, impotente. A dor foi dilacerante, como se alguém enfiasse uma faca no meu coração e tentasse arrancá-lo do peito à força. Após tantos anos, as suspeitas se concretizavam finalmente: minha doce Susan, ela se fora.

Controlei as lágrimas que queimavam meus olhos e faziam a garganta arder. Era um duque e não poderia chorar na frente de outro homem.

— O que aconteceu... Como? — murmurei.

Precisava de respostas.

— Sinto muito, Vossa Graça, mas não temos informações. Ela praticamente foi enterrada como indigente, e as pessoas não a conheciam bem. Não tinha família ou amigos próximos. Só uma filha, que disseram que veio para Londres. É tudo que sei.

Uma filha! Susan tinha tido aquele bebê e era uma menina que estava sabe-se lá Deus aonde.

— Quer que procuremos pela menina?

— Não. Chega de buscas.

Não suportaria falsas esperanças e depois outro defunto para chorar. Chega! Tudo terminava ali. Eu choraria pelas duas nessa noite e aquilo teria fim. Afinal, se Susan não tinha sobrevivido, como a filha sobreviveria?

Levantei sem dizer mais nada. Parecia inútil.

Saí daquele lugar me sentindo sufocado. Entrei na carruagem me arrastando, querendo matar alguém. Queria que meu pai estivesse vivo e, então, o socaria até ver o sangue escorrendo da sua boca. Eu o odiava.

"Você pode me odiar, mas vai carregar meu sangue, meu título e vai levá-lo para seus herdeiros. Serei seu reflexo no espelho e, quando olhar seus filhos, vai me enxergar ali."

Lembrei das palavras ditas em todas as nossas brigas.

Nunca! Nem que precisasse me castrar. Eu nunca teria um filho para vê-lo refletido e encarar sua espécie imunda se perpetuando. A primeira lágrima silenciosa caiu. Sequei-a, envergonhado.

Não me permitiria chorar. Não agora. Eu era um duque. Precisava me manter assim até estar no meu quarto. Bati no coche e pedi que me levasse até uma de minhas casas da cidade, que estava fechada e sem nenhum criado para me incomodar. Naquela noite só precisava de uma cama e de uma boa bebida.

Acabei adormecendo no sofá da sala, sem derramar uma lágrima, porque a dor era tanta que preferi beber e dormir. A escuridão foi o melhor alívio para o meu coração. Quando o dia amanheceu, escutei murros na porta. Quem poderia estar me atormentando a essa hora?

— Já vai, pelo amor de Deus.

Minha cabeça doía terrivelmente.

— Se não abrir esta porta, George, vou arrombá-la! — Escutei Vandik aos berros do outro lado.

Cambaleando, fui até lá, sabendo que ele cumpriria sua promessa. Assim que o vi, a primeira coisa que fiz foi dar-lhe um murro. Ele foi para trás com o impacto e se apoiou na parede. Assustado, me olhou com um sorriso no rosto e o nariz sangrando.

— Isso é por dar em cima da minha mulher — disse. — Da próxima, será um duelo!

— George, George, achei que não se importasse tanto com a garota. Fiz menção de ir para cima dele novamente.

— Espere! — Ele estendeu as palmas das mãos, me detendo. — Sabe muito bem que nunca encostaria na sua mulher. Só estava me vingando de você por ter tocado em um assunto proibido comigo. Me deixe entrar e ficar com você. Acabei de falar com seu detetive e sei que não está bem, meu amigo. Sabia que o encontraria aqui.

Aquilo me desarmou. Estava tão perdido que precisava de um amigo, alguém que ficasse do meu lado, mesmo que em silêncio. Abri caminho para que ele entrasse. Vandik me conhecia. Não disse nada. Foi até o pequeno bar e encheu dois copos de uísque, me servindo um.

Sentei no sofá e bebi, desolado, sem saber o que dizer, o que pensar. Não tinha nada que pudesse descrever a dor do meu coração. Então me calei.

— Eu sinto muito, George, e se pudesse existir alguma coisa no mundo que aliviasse a sua dor, pode ter certeza, meu amigo, que eu faria ou diria. Mas já perdi tudo e sei o que está sentindo, e sei também que não há nada a fazer a não ser sentir! — ele disse para si também, como um desabafo.

Deixei que uma lágrima rolasse. Por mim e por ele, porque sabia que Vandik tinha perdido o pai, a mãe e dois irmãos, e não conseguia calcular a dor dele.

— Como consegue?

Eu precisava saber, porque até então o que me fazia pensar em continuar era a esperança de Susan estar viva. Sem ela, tudo tinha perdido o sentido. A busca era o que me movia. Hoje eu enterrara tudo de bom junto com ela.

— Você segue sem pensar no amanhã. É isso que você faz. Acorda, vive o hoje e nunca mais pensa que existe a palavra amanhã. Por que acha que eu não tenho mais nada, não tenho uma moeda, não mantenho amores, trato todos por iguais e vivo intensamente? Para mim, meu amigo, a vida é um eterno *carpe diem*.

Sacudi a cabeça para clarear as ideias.

— Talvez, após completar minha vingança, consiga ser como você, Vandik. Primeiro, preciso enterrar meus defuntos do passado; depois será mais fácil seguir em frente.

— Está enganado. Se você seguir agora, vai conseguir ter uma vida. Se continuar persistindo nessa vingança, quando se der conta estará se enterrando junto e ficará sufocado até a alma. Vai morrer, George, acorda!

Balancei a cabeça, descartando o comentário dele.

— Olhe para você, Pietro, que com seu estilo de vida perdeu tudo que tinha e não dispõe de uma moeda para pagar a própria bebida. Como acha que pode me falar sobre persistir em algo? Você persistiu na desgraça todos os dias, se enterrando em bebidas e mulheres.

Para minha surpresa, em vez de me dar um soco, que era o que eu merecia, ele riu e seu olhar adquiriu algo parecido com pena.

— A diferença, George, é que sei onde estou me enfiando e tenho plena consciência dos meus atos. Dinheiro é algo que posso conseguir com um bom casamento, e minha alma continuará intacta. Já você, está sem que perceba se tornando aquilo que tanto temia: o reflexo do seu pai. Está perdendo a sua essência, meu amigo. Isso me dá pena.

Ele virou o copo de uísque e se levantou. Sem dizer mais nada, saiu me deixando com meus pensamentos.

Quando a porta se fechou, peguei o copo que tinha nas mãos e o arremessei contra a parede, inconformado, desolado. Pietro estava errado. Meu pai fora um homem infeliz, incapaz de sequer amar a si mesmo.

Lembrei-me das cenas dos últimos dias, das minhas mãos carregando um cinto, das ameaças silenciosas contra Helena, e me senti um covarde. As lembranças me remeteram à imagem daquela mulher que era um anjo na beleza, mas que, quando abria boca, despejava veneno. E meus olhos se enterneceram porque um sentimento novo tomou conta do meu coração. Estava sentindo algo que não era ódio, tristeza ou vingança: era saudade.

Paula Toyneti Benalia

Capítulo 21

"Certa vez, andando pelas ruas de Londres dentro de uma carruagem, de relance pude ver duas cortesãs se insinuando à luz do dia. Corei e pensei que caminhos tortuosos suas vidas tomaram. Naquele instante, pensei que nunca passaria por aquilo, aspirei à pureza do meu casamento, dos meus sonhos românticos e do meu próprio traje, que nunca seria inadequado como aqueles...."
(Diário de Helena, Londres, 1800.)

HELENA

Dessa vez, Nataly me recebeu com certa facilidade. As mulheres do bordel já estavam familiarizadas com a minha aparência e logo me deixaram entrar no ambiente que, durante o dia, não mantinha o ar pecaminoso; podia-se dizer que havia certa elegância ali.

— Ela acabou de se levantar e pediu que aguardasse um instante para poder se vestir — anunciou uma loira, que não deveria ter mais de dezesseis anos, com um sorriso afável.

Não pude deixar de imaginar o que tinha levado uma criança a esse lugar. Dava pena. Também pensei na vida de Nataly, levantando-se com o sol já alto e provavelmente se deitando quando este nascia.

— Não se incomode. Não me importo de esperar.

— Por favor, pode se sentar. Ela já mandará chamar, Vossa Graça.

Agradeci e me sentei em uma das poltronas vermelhas espalhadas pelo local.

Não tardou para que a jovem voltasse para avisar que a senhorita me aguardava. Subi as escadas que davam até o seu aposento e fui recebida por seu sorriso caloroso.

Não dava para dizer que ela tinha acabado de acordar. Toda maquiada, esbanjava beleza e jovialidade. Parecia pronta para uma noite de ópera, na qual ela seria a atriz, obviamente.

— Me desculpe pelo infortúnio da demora, *ma chérie*! — disse enquanto me dava um abraço afetuoso.

Se ela não fosse uma prostituta, o que me dava grande pesar, estaria presente à maioria dos meus jantares. Eu apreciava muito sua companhia. Nataly era uma pessoa extraordinária.

— Eu que devo pedir desculpas por tê-la acordado e vir incomodar novamente. — Abaixei o rosto, realmente envergonhada.

— Não tens razão para ficar *embarrassée*. Já és da casa, *ma chérie*.

— Obrigada, Nataly. Se estou aqui é porque realmente necessito de sua ajuda e não tenho a quem recorrer.

— Compreendo. Diga-me, problemas com seu amado? — indagou com um sorriso astuto.

Assenti. Sim, sempre ele. Perguntava-me se já estaria na cama com alguma mulher àquela hora do dia ou se esperava pela noite.

— Não se entristeça, *ma petite*. Homens e coração são como líquidos imiscíveis. Não se misturam. Esta é a primeira lição que uma mulher precisa compreender para não perder sua alma, ou então se despedaçará pelo caminho e o final será apenas solidão. Sabes disso, não é?

— Segui tudo o que me disse, mas tudo o que ele faz me afeta e não consigo controlar isso — disse com sinceridade. Era como se o simples fato de George respirar fosse importante. Tudo nele tinha um efeito em mim que se multiplicava em milhares de vezes, só por ser ele. — Acredito que o ódio que sinto por ele me faça sentir dessa forma. Não tem outra explicação.

Ela me olhou com pena, fechou os olhos e respirou fundo.

— Não, *petite*, não é ódio. Isso que sente é amor, já está condenada.

Balancei a cabeça em negação.

— Não. Está enganada. Não se pode amar quem odiamos. Os sentimentos são opostos e distantes.

Ela poderia entender de sedução, porém não conhecia os sentimentos. Tinha certeza disso.

— Pense como quiser. Só entenda que o ódio é a premissa do amor, e creio que está seguindo por esse caminho com esse homem. — Ela se sentou na poltrona à minha frente. — Então, me diga em que posso ajudar. Gosto de você, *ma chérie*, e tenho em mente algo que você poderá fazer por mim em breve, como troca de favores.

— George veio para Londres se encontrar com prostitutas, como ele mesmo me confidenciou. Preciso saber onde ele estará esta noite e, então, lhe farei uma visita.

Poderia ser aquele mesmo prostíbulo que ele frequentava, poderia até ser com Nataly que se deitava, pensei com desgosto.

Nataly deixou escapar uma risada inesperada.

— Você é uma mulher surpreendente, Helena. Se não tivesse vivenciado sua inocência tão de perto, apostaria minha vida que você é uma vigarista.

— Poderá me ajudar? — questionei-a.

— Adoraria — assentiu —, será escandaloso e uma aventura intrigante, como há muito tempo não vivencio. Creio que saiba onde encontrá-lo.

Observei-a por um minuto, buscando coragem para o que perguntaria em seguida.

— Meu marido frequenta este lugar? — Mordi os lábios e senti que corei.

— Já o vislumbrei algumas noites aqui, não vou mentir para você, *ma chérie*.

— Já se deitou com ele? — perguntei sem conseguir evitar.

Nataly suspirou.

— Não. Mas isso não deveria ser sua preocupação, *chérie*. George já deve ter se deitado com metade das prostitutas de Londres e, ao que sei, comprometido a outra metade das mulheres. Seu coração deve estar ciente disso. Tire seu coração da vingança ou não dará certo, isso eu lhe garanto.

— Tem razão.

Olhei para o teto. Meu estômago se contraiu de nervoso, mas não podia voltar para trás agora.

— Esta noite acredito que George vai estar no *Spret House*, uma casa de jogos e mulheres muito conhecida na cidade que, às sextas, costuma receber um grande público por ter uma apresentação em que as mulheres da casa fazem um leilão. Os homens amam uma competição. Eu odeio as sextas, particularmente porque minha casa fica vazia por conta da *Spret*. Não posso competir com tal absurdo.

Nataly fez um gesto com as mãos.

Meus olhos se iluminaram com o que ela acabara de me contar. Encarei-a, as ideias fumegando na minha mente. Ela compreendeu no mesmo instante.

— Não. De forma alguma, é uma ideia *insensée*. Não farei parte disso. O duque saberia que alguém a ajudou e me destruiria no dia seguinte.

Ela se levantou, me dando as costas.

— Por favor, Nataly. Prometo que ele não vai descobrir. Você tem os meios para me colocar lá dentro, no palco, junto com as outras mulheres. George vai se encarregar de dar o maior lance, tenho certeza. Serei o escândalo que ele me pediu para ser e, ao mesmo tempo, o humilharei publicamente. Ele quer uma prostituta, então servirei a ele.

— Não vai ganhar dele, *ma chérie*. Ele vai matá-la! — disparou Nataly. — Tudo tem limites e você está ultrapassando todos eles. Vai ferir o ego do seu marido.

— Nataly, já chegou a um ponto da sua vida em que perdeu todos os sonhos e viu sua dignidade abaixo dos pés? — perguntei.

Seu sorriso e brilho no olhar se apagaram no mesmo instante e me arrependi das palavras que lancei. Claro que sim. Bastava olhar a posição que essa mulher tão jovem ocupava. Obviamente que já tinham tirado tudo dela.

— Na verdade, pobre criança, não cheguei nem a ter sonhos, e dignidade nunca fez parte do meu dicionário.

— Me desculpe... — disse com arrependimento.

— Não se desculpe. Não é você a culpada por isso. E quem o foi nem deve estar vivo para pagar a conta. Mas deixemos isso para lá. — Ela inclinou a cabeça para o lado, me observando. — Eu acredito de verdade que você só vai se machucar, *ma chérie*, porque já ama o seu objeto de vingança, mas se assim o quer, vou ajudar.

Respirei aliviada ao ouvir suas palavras.

— Mas tem uma condição. — Levantou os dedos, apontando para

o meu peito com suavidade. — Quando estiver na sua casa, depois que toda a tempestade passar e ninguém mais desconfiar que fui sua cúmplice, vai me fazer um grande favor e, acredite, não será uma tarefa fácil.

Pensei do que essa mulher precisava. Dinheiro sabia que não era. Ela pediria para os seus clientes e não para mim. Não necessitava de roupas, sapatos, tinha homens influentes que dariam o que ela pedisse. Fiquei curiosa, imaginando o que seria.

— No tempo certo, *ma petite,* no tempo certo! — ela completou, como se lesse meus pensamentos. — Agora olhar o armário. Não vai conseguir passar nem pela porta do *Spret House* vestida dessa maneira. Vamos transformá-la em uma cortesã esta noite.

Meus olhos transbordaram de luxúria e ela sorriu em retribuição.

Nessa noite, eu colocaria lenha na fogueira. E que Deus me ajudasse, porque sabia que o fogo não seria para brincadeira.

Capítulo 22

"Nunca se pode desejar mais que sua própria sanidade. Isso serve para dinheiro, apostas, bebidas, principalmente mulheres. O desejo é uma arma mortífera. Ele corrói todas as suas entranhas e, sem que você perceba, está viciado em algo que o faz esquecer até os seus princípios."

(Anotações de George, Paris, 1800.)

GEORGE

— Não tenho clima para tal ocasião, Vandik, me desculpe.

— Entendo, George, mas ficar enfurnado neste quarto, bêbado, fumando ou alternando entre vigílias e sono, não creio que vá trazer sua irmã de volta. Ao menos me acompanhe até o clube e me ajude a encontrar o que preciso. Se não ganhar uns trocados esta noite, amanhã não terei nem calças para vestir.

Deu-me um olhar de súplica. Era um grande filho da mãe.

— Já escolheu sua noiva?

— Sabe muito bem que não. Quanto maior o dote, menor o cérebro. Meu Deus — ele abriu os braços, inconformado —, o que aconteceu com as mulheres da Inglaterra? Só sabem falar de cabelo, roupas e filhos. Não as suporto.

Balancei a cabeça e, mesmo sem querer, minha mente caminhou para ela, minha feiticeira que estava em casa. Diferente de todas as outras, ela pensava em tudo, menos em futilidades. Em meio à dor, abri um sorriso contido.

— Você está rindo da minha desgraça, George? — Vandik disse sorrindo. — Que bom. É disso que precisa. Se ao menos você quisesse ter filhos, poderia ter uma herdeira. Eu esperaria. Você poderia oferecer um dote generoso e resolveria meus problemas, meu amigo.

— Sorte a minha que não terei filhos. Você será o pior marido da Inglaterra, Pietro. Lembre-se de procurar uma propriedade que tenha muitas janelas para morar com sua esposa. Vai precisar delas para fazer escapar suas amantes.

Ele gargalhou.

— Sabe muito bem que não preciso esconder ninguém. Elas dividirão a cama com minha esposa. — Seus olhos piscaram com perversidade.

Balancei novamente a cabeça. Ele não tinha cura.

Resolvi levantar e me arrumar. Teria que ceder e ir com ele até a *Spret House* ou ele não me daria sossego essa noite. Isso seria bom até para colocar algumas coisas em ordem na minha mente e poder voltar para casa.

Em uma hora estávamos em frente à casa mais famosa e perversa de Londres. As noites ali nunca eram tranquilas, mas as sextas eram excessivamente agitadas. Todas as prostitutas da casa faziam uma encenação e eram leiloadas. Os maiores títulos londrinos, os principais banqueiros e os homens mais ricos se reuniam ali para mostrar seu poder e disputar as mulheres mais belas. Corriam rumores de que, nessas noites, saíam carruagens de dinheiro daquele estabelecimento pelos fundos. Ninguém poupava esforços. Não era só uma questão de sexo. Era uma questão de poder.

Eu mesmo já cheguei a pagar uma fortuna por uma delas certa vez. E não foi porque a desejava. Simplesmente porque me coloquei em um duelo com um velho inimigo e não poderia perder para ele. Sempre era uma questão de honra. Outros prostíbulos tentavam imitar tal feito, entretanto, a *Spret House* consolidara a fama e os homens se matavam por um lugar na primeira fila, nas noites de sexta.

— Pedi que nos reservassem cadeiras na primeira fila — Pietro me alertou, apontando para os dois únicos assentos livres na fileira abarrotada de homens elegantes e barulhentos.

O local não era muito grande e não comportava tantos cavalheiros. Creio que, quando foi inaugurado, não se tinha ideia da dimensão que aquilo teria. No canto direito, um grande bar era servido por algumas mulheres, todas vestidas com saias espalhafatosas e corseletes que mal continham seus peitos saltando para fora. Suas maquiagens exageradas e suas posturas escandalosas entretinham os clientes que já se embebedavam no bar enquanto aguardavam o grande espetáculo da noite que daria início ao leilão.

Abrimos com grande custo espaço entre a multidão de homens e ocupamos os nossos lugares. Pietro estava animado. Já eu não compartilhava do seu ânimo. Estava ali por mera companhia. Não tinha interesse algum em levar qualquer mulher para cama; talvez a única que desejasse me aconchegar nos braços fosse Helena, porque ia além de algo carnal. Ela traria alívio para algo do meu coração que estava sangrando no momento. Senti medo por meu pensamento.

— Dizem que este lugar é regido por Dom Carlos, um senhor calvo e de respeito entre os homens de negócio de Londres, porém é só uma fachada. Ele trabalha, gerencia todo o negócio e arrecada o dinheiro para uma dama que é a verdadeira dona de toda a fortuna que mantém outro prostíbulo de fachada. Ela é conhecida como a versão feminina do deus Mercúrio, por seus cabelos cor de fogo, ou como Afrodite, a deusa do amor — Pietro começou a divagar. Agradeci por me tirar dos pensamentos que me levavam à Helena. — E mais! Não são só os cabelos. Dizem que aquele que é tocado por ela sente a pele queimar de tanto desejo.

Gargalhou, jogando a cabeça para trás. Fez sinal para que uma das mulheres lhe servisse uma bebida.

— Lendas que rondam todos esses lugares e fazem com que estejam sempre lotados, como nesta noite! — deduzi.

— Que seja. Não creio que haja uma dama que tenha esse poder sobre mim, realmente. Acredita nisso? Que uma mulher possa te desmanchar da cabeça aos pés com um simples toque? — perguntou.

De novo, sua imagem surgiu, nua, as mãos me tocando, as palavras desafiadoras, o olhar penetrante, como se nada e nem ninguém no mundo pudesse afetá-la. Ah, como era impossível e como era linda.

— Não. Isso é para mulheres, covardes e romances. Aos homens cabem apenas as peças teatrais, durante as quais somos torturados em dois ou três atos a assistir tais devaneios desses artistas da modernidade.

Pietro pegou a bebida que a dama lhe trouxe e enfiou o dinheiro no meio dos seus peitos.

— Está coberto de razão, George. Por isso, não faço romantismo com casamentos. É um contrato e um bom negócio. Nada mais. Falando nisso, não posso tardar em encontrar meu bom contrato. As coisas estão se apertando.

Olhei para ele com preocupação.

— E o que faz aqui esta noite, sentado na primeira fila, pronto para dar um lance em um dos leilões mais caros da História? — perguntei intrigado.

— Me divertindo! — respondeu piscando o olho e parecendo óbvio.

— O dinheiro, Vandik! De onde vai vir? Do céu? — exclamei.

— Minha loucura não chegou ao ponto de acreditar em milagres. O dinheiro virá de uma aposta que ganhei ontem.

— E não acha sensato utilizar o dinheiro para pagar algum dos seus credores ou alguma penhora?

— Isso seria como tentar adoçar a água do mar — disse gargalhando. — Então, por que não aproveitar a noite?

Este era Pietro, um inconsequente. Invejei-o. Talvez, se tivesse um por cento dessa coragem e jogasse tudo para as costas, não carregasse esse fardo que, no momento, me entortava a coluna.

O pequeno palco se iluminou. O show começaria. Meu estômago se embrulhou. Eu queria vivenciar o luto por minha irmã e não estar nesse lugar. Não importava se fizessem cinco, dez ou quantos anos que ela estivesse morta; meu desejo era poder ao menos estar no seu túmulo nesse momento e levar flores.

Almejei ao menos um abraço para poder chorar e esse não era o do meu único amigo. Pietro, do seu jeito torto, estava tentando me consolar da única forma que conhecia, me levando para os braços de mulheres. Ele tentava aliviar a minha dor como fazia com a sua todos os dias: por meio do sexo. E eu sabia tão bem quanto ele que isso era passageiro, momentâneo, e quando o gozo do momento terminava, restava um vazio ainda maior, que tentava compensar com jogos e bebidas. Um abismo em que ele se afundava cada vez mais e mais.

Não tinha fim para aquela dor e, pela primeira vez em muitos anos da nossa amizade, compreendi seu sofrimento. Sempre tive a esperança de encontrar Susan, enquanto Pietro não alimentava nada. Não tinha esperança, só o vazio, a dor da perda. O vazio que eu sentia agora.

Olhei de relance para ele, que batia palmas quando as luzes da plateia se apagaram e apenas o palco se iluminou, abrindo as cortinas. Mesmo na semipenumbra, notei que seus olhos não condiziam com suas palmas eufóricas. Havia dor ali e ninguém via. Me enxerguei nele. Essa seria a minha existência. Sem amor, miserável.

Meus olhos arderam pelas lágrimas contidas. Jurei que faria dos últimos dias da vida da minha mãe um inferno.

Odiei minha existência. Odiei Helena por me fazer almejar sua companhia nesse momento e me fazer ter alucinações a ponto de vê-la no palco, vestida como as outras prostitutas, e mesmo nunca se igualando a tal, porque sua classe e beleza eram inigualáveis. Uma das damas de costas, vestida de um vinho que lembrava pecado, me fazia jurar que era ela.

Balancei a cabeça lamentando tal pensamento. Parecia que estava sob efeito de ópio. Todas as mulheres se intercalavam, uma de frente e uma de costas, para os homens. Esse era o suspense da noite. A que me chamava a atenção tinha um vestido que deixava suas costas muito nuas e um colar de pedras negras adornando seu pescoço. Os cabelos estavam presos em um coque alto e ela mantinha com classe um xale na cintura preso nos braços, como se estivesse em um baile e não em um leilão. Alguns cachos se soltavam do penteado e lembrei do cheiro dos cabelos da minha mulher. Algo misturado com amoras do campo e lavanda. Era magnífico.

Nesse instante, como em tantos outros, soube que estava perdido. Decidido, resolvi que estava na hora de levar outra mulher para cama. Essa era a resposta para minha obsessão por Helena. Se tinha outra mulher que me chamava a atenção, esse era o momento oportuno para me afogar em um mar que não tivesse o seu sabor e seu cheiro. Estava disposto a gastar até a última libra que tinha no bolso para ter aquela mulher nos braços esta noite.

Capítulo 23

"Sempre tive a sensação de que não tinha valor para minha família. Sensação, não. Certeza. Não tem dor maior que se sentir um objeto e sem valor algum. Mas os sonhos me traziam a certeza maior de que o futuro me agraciaria com alguém que me veria como um tesouro."

(Diário de Helena, Londres, 1799.)

HELENA

Nataly sabia o que fazia no seu meio. Já eu, não tive muito tempo para pensar. Ela tinha contatos e deu ordens até na *Spret House* e, num piscar de olhos, eu estava em cima de um palco, vestida como uma prostituta pronta para ser leiloada.

Meu coração batia freneticamente e achei que sairia pela boca a qualquer instante. Tinha me colocado em perigo. Talvez realmente merecesse uma surra essa noite.

De costas, não podia ver George ou qualquer outro homem.

Ali, exposta, começava a conhecer o verdadeiro pecado escondido da sociedade londrina, oculto por camadas e camadas de vestidos e ternos impecáveis nos bailes. Os cheiros dos charutos, bebidas e perfumes baratos, os risos escandalosos, as palavras de baixo calão. Era outro mundo. Este lado do rio Tâmisa deixava o lado oeste de Londres parecendo outro país.

— Comecemos a diversão, queridos! — uma mulher anunciou, arrancando mais salvas de palmas. — Preciso de silêncio, silêncio, vamos lá, sei que estão com as calças arriadas — gargalhou.

Tudo era escancarado. Nada contido.

— Começaremos com Caroline.

— Vinte libras — alguém falou.

— Trinta — outro cobriu a oferta.

— Alguém tem mais a oferecer? Ninguém? Isso, senhores, Caroline vendida esta noite a trinta libras. Pode ir, querida.

Mesmo de costas, pude ver a movimentação. A mulher saiu do palco, sendo acompanhada por seu comprador.

— Nossa próxima senhorita está de costas, meus amados e, como sabem, nossas melhores ofertas ficam nesse patamar. Então, este produto está com um lance mínimo de cinquenta libras. Senhorita Merlin está ansiosa, segundo me confessou, para executar uma dança e vai fazer uma pequena amostra, não é, querida?

Ela começou a rebolar no palco, e os gritos e palmas fizeram meu estômago dar um nó. Aquilo ficava pior a cada instante.

— Se contenham, se contenham — a mulher que conduzia o leilão pediu. — Quem pode dar mais que cinquenta libras para ver essa mesma dança, mas, obviamente, com Merlin totalmente nua?

— Eu dou 100! — alguém gritou.

— 150! — outro rebateu.

— Vendida por 150.

Senti que minhas mãos suavam. Teria mais uma mulher e eu seria a próxima. Fiquei com receio de que George arrematasse outra antes e eu acabasse à mercê do destino. Porém, Nataly estava ali de prontidão para me socorrer e disse que interviria no que fosse preciso.

A outra garota não pareceu tão interessante e foi leiloada por 20 libras.

A cena era tão perversa e suja. Mulheres sendo leiloadas como produtos, como quadros. Chegara a minha vez.

— Hoje temos uma dama que deve interessar a todos os homens desse salão. Não divulgaremos seu nome. Isso vai instigá-los nos lances. Os cavalheiros não viram seu rosto, mas devo garantir que nunca a vi neste lugar e nem beleza comparável.

— Eu dou 500 libras! — escutei a voz inconfundível do meu marido, que desde a primeira vez que ouvi se gravou na minha memória.

Meu coração se encheu de dor. Ele não sabia que era eu. Embora soubesse o que ele fazia nesse lugar, ter a prova tão concreta de que ele me enganava, tão de perto, me feria por dentro. As mulheres deveriam aceitar que seus maridos dormissem com quem bem entendessem e depois sujassem suas camas, suas memórias e seu casamento, mas não eu! Meu coração sempre sonhou com um homem que me amaria e seria só meu.

Ergui o rosto, não me deixando abater. Esse não era o intuito da noite. E, sim, humilhá-lo. Era o que faria.

— 750 libras! — Alguém cobriu a oferta.

Um murmúrio se formou entre os homens. Considerei que o valor era alto demais até para um leilão de mulheres.

— Ora, ora, rapazes, mas nem viram o rosto da donzela e já estão quase duelando por ela. Então, deixe-me apresentá-la a vocês e talvez possamos dobrar este valor.

Respirei fundo e senti a mão da mulher sobre meu ombro enquanto delicadamente ela me virava para o público.

Palmas, gritos e palavras de baixo calão. Mas nada disso importou. Meus olhos se fixaram nos de George que, no mesmo instante, fizeram o reconhecimento dos meus. E nunca vi na vida tanto ódio. Era como se faiscassem fogo de dentro.

— 950 libras! — um senhor gritou, cobrindo a última oferta.

Meu marido se agarrou com muita força à poltrona em que estava sentado, fazendo menção de se levantar. Senti minhas pernas tremerem, com medo de que ele pudesse ir até o palco e me arrastar dali.

— 1200 libras! — ele disse, por fim, me fazendo respirar novamente. Se ele estava fazendo a oferta, não seria capaz de cometer tal loucura.

— Vejo que a donzela vale uma propriedade! — a mulher que conduzia o leilão disse, soltando uma gargalhada.

— 1500 libras! — escutei alguém falando. Não acreditei ser possível dar tanto dinheiro por uma mulher.

— 5000 mil libras! — George disse, dessa vez provocando um silêncio pasmo em todos.

Ninguém cobriria o leilão.

— Vendida — foi a palavra final que escutei.

E assim fui vendida mais uma vez. Primeiro por meu pai e, agora, no leilão. Na Inglaterra todas as mulheres tinham um preço e não importava se esse era 20 libras, cinco mil ou nenhum guinéu. Os homens podiam comprá-las porque estavam acima delas por alguma razão que não compreendia. Com pesar, pensei que talvez em algum século, no futuro, as coisas pudessem ser diferentes. Meu corpo poderia se vender, mas meu coração nunca se curvaria a isso.

George se levantou e subiu ao palco, pegando com força excessiva sua propriedade. Gemi quando agarrou meus braços e me arrastou escada abaixo. No entanto, ninguém se importou, porque às prostitutas esse tipo de comportamento lhes era digno.

Conforme fomos passando entre seus conhecidos e alguns amigos, pude enxergar a surpresa quando parte reconheceu na prostituta a duquesa, e então sorri. Estava vingada essa noite. Mas como em todas as outras, isso não trazia alívio para minha dor, não trazia paz, porque não devolvia os meus sonhos e não recuperava nada do que tinha perdido.

Quando chegamos à carruagem, meu marido me jogou para dentro, como se faz com um objeto descartável, e se sentou na minha frente. Achei que levaria uma surra. Tudo o que obtive foi um olhar de desprezo, o que doeu muito mais.

Reparei que ele tinha a aparência cansada, triste, e cheguei a me perguntar se tinha agido corretamente. O percurso foi silencioso e pareceu muito mais longo.

Já em casa, ele pegou novamente nos meus braços e continuou me arrastando até dentro do seu quarto dessa vez. Nunca tinha estado ali. Temi por isso.

Não disse nada. Não tinha do que me defender. Tinha feito tudo para deixá-lo irado. Ele me soltou. Passei os dedos pelos meus braços, tentando aliviar a dor causada pela pressão dos seus dedos. Dando-me as costas, ele ficou de frente para a janela, passando as mãos freneticamente pelos cabelos.

— Me dê um único motivo para não surrá-la esta noite, Helena. Só um. Estou implorando. — Ele se virou, me encarando. Tinha súplica nos seus olhos, além do ódio. — Não quero odiar a você e a mim pela manhã. E é isso que vai acontecer. Então, estou te pedindo. Me dê um único motivo. Não me insulte com palavras. Estou a ponto de te matar se encostar em você hoje.

Apontou seus dedos trêmulos para mim. Só então percebi que também tremia e que também estava com medo. Só de pensar em levar outra surra, meu corpo já convulsionava de imaginar a dor.

Poderia dizer que o odiava, que queria vingança por ter destruído meus sonhos, que era para ser o escândalo que ele me pedira, tinha dezenas de motivos para lhe dar, mas queria um que fosse plausível para aplacar sua ira. Então falei o que mais me doía e expus — pela primeira vez desde nosso casamento e em toda minha vida — o meu coração, porque por mais que fosse sonhadora, a Helena que as pessoas conheciam era sempre fria e nunca baixava a guarda.

— Porque estava ferida, magoada. Você nem saiu da lua de mel e me deixou para se deitar com prostitutas. Fui lhe servir de uma, para que sentisse o quão humilhada me sinto, o quão ferida fico quando se deita comigo e, na manhã seguinte, sai sem olhar para trás, ou quando diz, olhando nos meus olhos, que vai se deitar com outra.

Ele assentiu, franzindo a testa.

— Alguma vez pensou nas consequências dos seus atos? O que acha que aqueles homens vão pensar de mim quando me virem da próxima vez?

— Alguma vez pensou no que eles pensam de mim quando nos veem juntos nos bailes? Alguma vez imaginou como têm piedade de mim ou pensam que sou trouxa? Não queria um escândalo?

— Sou homem, Helena. Um duque. As posições são diferentes. Queria um escândalo, não que me humilhasse como homem.

Eu ri com amargura. Ele enrijeceu ainda mais.

— E o que o faz diferente? Calças ou ausência de coração?

Ele fechou os olhos diante da minha pergunta.

— Não sabe, não é? E sabe por que não consegue responder a esta pergunta? Porque nunca soube o que é sentir dor na vida. Só sabe mandar e ter tudo o que deseja. Ser servido, ter tudo ao seu dispor, ser o duque deus e ter TUDO! — disse, com voz alterada. Estava perdendo o controle novamente. Não era justo. Nada era justo. — Me tirou tudo e quer o quê? Me bater agora? Então vamos lá, realize mais essa vontade. Estou ao seu dispor.

Fiz uma reverência, como ele tinha me ensinado, e esperei por sua ira. Desta vez, sabia que não escaparia. E, talvez, meu corpo estivesse pedindo por isso, por uma surra e, por fim, a escuridão para esquecer da dor que me consumia neste momento.

E, então, tudo o que escutei foi um soluço, tão profundo, tão cheio de dor, que senti meu coração se partir ao meio.

Fiquei olhando-o se afastar, sentar na beirada da cama, colocar a cabeça entre as mãos e chorar feito uma criança. Não soube o que fazer. Sabia que tinha errado, mas, Deus, aquilo não era sobre mim. Não poderia ser.

Soube, nesse instante, que ele sabia exatamente o que era sentir dor. Soube também que a dor dele entrava em meu coração e o dividia em centenas de pedaços; descobri que era muito maior a tristeza de vê-lo sofrer do que a minha própria. Percebi que daria qualquer coisa para aliviar o que quer que estivesse machucando George agora. Uma lágrima que nunca tinha rolado por meu rosto caiu e então eu soube, nesse dia, que o amava.

Devia haver algo extremamente errado comigo.

Capítulo 24

"Orgulho, rigidez, polidez, seriedade, indiferença, talvez sejam as melhores qualidades que uma mulher vai encontrar em mim como marido."

(Anotações de George, Londres, 1800.)

GEORGE

Deixei que a dor saísse. Ela era insuportável. Ali, no quarto, eu não era mais um duque. Era só um homem cansado que tinha perdido a irmã e se sentia incapaz de lidar com a própria esposa.

Sempre soube que o momento de me despedir de Susan seria difícil. Apenas nunca o considerei insuportável e nunca imaginei ter companhia.

Não tinha coragem de encará-la. Sabia que parecia um fraco nesse momento. Mas não me importava. Devia ter dado uma surra nela por sua insolência, pela vergonha, os escândalos, e de que adiantaria? Só me odiaria na manhã seguinte, e sabia que Helena não era uma mulher que se detinha com violência. Se o fosse, as marcas no seu corpo já a teriam mudado. Ela era obstinada como nunca vira. E o pior é que gostava disso nela.

O único som no aposento eram meus soluços. Nem eu sabia que precisava tanto chorar. Era como se a dor de tantos anos estivesse adormecida e agora surgisse como um monstro apavorante.

— George.

O som do meu nome surgiu em meio ao meu choro, me surpreendendo.

— O que houve, me diz?

Algo na sua pergunta me fez olhar para ela. Dessa vez não tinha a arrogância de sempre. As poucas velas que iluminavam o quarto mostraram que seu rosto também estava banhado por lágrimas. Sem desviar os olhos dos meus, e diante do meu silêncio, ela disse:

— Me desculpe.

Doeu imaginar que ela se culpava pela minha dor. Helena não entendia, não tinha como saber.

— Não sou filho único como minha mãe diz. Tive uma irmã: Susan — disse, tentando aliviar sua culpa, mesmo sabendo que ela não merecia minha benevolência. — Ela foi a primogênita e não eu, como todos pensam. Por ser mulher, foi odiada por meus pais desde o primeiro instante e tratada como algo descartável, mantida em um quarto como uma leprosa — continuei. Era bom desabafar. — Anos depois, eu nasci para garantir o título e perpetuar o ego do meu pai. A minha existência acabou de condenar a minha irmã. Eles só não contavam que eu poderia amá-la. — Balancei a cabeça, perdido em pensamentos.

Lembrei do riso dela, cujo som era maravilhoso e contagiante.

— Mas minha irmã cometeu um erro e foi expulsa de casa. Nunca mais a vi. Procurei-a por todos esses anos e justamente hoje, enquanto você brincava de prostituta, eu tinha descoberto que ela está morta.

Helena fechou os olhos, sem querer mostrar para mim as lágrimas que caíam em abundância, ou talvez a sua fraqueza, também exposta pela primeira vez. Ali, no meu quarto, por uma ironia do destino, a fragilidade de ambos estava escancarada.

Por um instante, olhando para ela, senti vontade de abraçá-la, consolá-la, secar suas lágrimas e lhe dizer coisas que não, não deveria. Isso mudaria tudo. Era perigoso e colocava em risco o que mais temia. Jamais poderia dar filhos a uma mulher, então nunca poderia amar, porque, consequentemente, com o passar do tempo, só o meu amor não seria suficiente, e privar uma pessoa que se ama de algo era doloroso. Eu tinha certeza, era um caminho sem volta.

Mas como se lesse seus pensamentos, mesmo receosa, a passos lentos ela caminhou em minha direção e, quando não conseguiu mais resistir, se jogou em meus braços. Aí, sim, desabou em um choro convulsivo.

Peguei seu corpo frágil no colo e a coloquei sentada nas minhas pernas, aninhando sua cabeça no peito, apertando-a bem forte em meus braços. E foi assim que o mundo parou e a dor sumiu.

Ela era a minha fraqueza e o meu remédio.

Fechei os olhos e aspirei seu perfume, não querendo que o tempo passasse.

— Eu conheço a dor de perder alguém — sussurrei para que ela compreendesse. — E sei que cada cicatriz do seu corpo doeu também.

Seu corpo tremeu de encontro ao meu e aquilo me feriu de tal forma que, a princípio, senti vontade de destruir o pai dela por cada dor imposta à Helena. Mas pensei que vingança sempre me levava à escuridão e ela não merecia o mesmo destino que eu. E assim, novamente, a realidade veio sem piedade, me lembrando de que a estava condenando a uma vida miserável; de que minhas mãos não marcavam seu corpo, no entanto, minhas atitudes feriam sua alma.

E foi assim, nesse instante, que não suportei sentir que ela sofria, não pude imaginar por nem um segundo a mais que seria responsável por causar dor e sofrimento a ela.

Como as cortinas se abrindo em um espetáculo da minha vida — que parecia uma trágica e icônica peça de teatro — eu vi claramente o que acontecia nesse quarto.

Segurei seu rosto em minhas mãos, tentando conter o seu choro, e comecei a beijar suas lágrimas, que se misturaram com as minhas, até meus lábios se perderem em sua boca em um beijo tão doce que em nada lembrava o gosto salgado das lágrimas.

Apertei seu corpo contra o meu querendo protegê-la do mundo, mesmo com a consciência de que o maior perigo estava ali: era meu próprio eu.

Helena se agarrou aos meus cabelos, entregue aos meus carinhos. Éramos duas pessoas quebradas, que se desnudavam de seu orgulho para então se encontrarem em um beijo que cobria nossas vergonhas. Ali não tinha um duque e ela não era um escândalo. Éramos só dois seres humanos que precisavam de um pouco de paz.

Pensei que havia tantas coisas a serem ditas, imaginei que poderia propor a ela que tivéssemos um casamento mais digno, desde que ela soubesse os meus motivos certos para não ter filhos. Desejei que ela me aceitasse de bom grado e que eu fosse suficiente em sua vida. Mas era só mais uma noite, e o que precisava ser dito poderia esperar pela manhã, pois, no momento, meus dedos agarravam seu vestido em uma tentativa desesperada de vê-la liberta daquelas roupas e com seu corpo nu em minhas mãos.

Ainda sobre meu colo, depositei seu corpo frágil sobre a cama e terminei de despi-la. Seu olhar já tinha o desejo de sempre. Sua pele clara ruborizava pela vergonha e sua boca ferina estava pronta para receber meus lábios novamente.

Tirei a minha roupa e fui de encontro ao seu corpo, fechei os olhos e senti, como em todas as outras vezes, que estava indo rumo à perfeição e que, sim, tinha encontrado meu lugar. Tinha paz quando nossos corpos se encontravam, destoando do que éramos vestidos. Tinha compaixão, desejo, luxúria. Ela era o láudano que aliviava minha dor.

— George... — ela clamava meu nome, se entregando completamente ao que sentia.

Coloquei-me em uma posição em que pudesse apreciar seu rosto enquanto nossos corpos se saciavam. Nada dela me parecia ser suficiente.

E, quando cheguei ao ápice, doeu ter que me aliviar na cama, sabendo que isso a magoava. Só que, dessa vez, não fugi como um covarde, me deitei ao seu lado e a abracei, sentindo seu perfume, me inebriando no seu cheiro.

Nesse instante, soube que meus planos tinham fracassado, que era um caminho sem volta e que seria incapaz de abandonar essa mulher.

Concluí então que, desde a primeira gargalhada que Helena soltou, o primeiro escândalo que presenciei, eu a amei. E foi assim, abraçando a mulher que tinha se passado por prostituta, me envergonhando perante Londres, que me desafiava em todos os sentidos e colocava uma corda no pescoço perante minha convicção, que descobri que a amava. Sabia exatamente o dia em que isso tinha acontecido.

Perguntei-me como alguém poderia nadar contra a correnteza sem se afogar. Parecia ser exatamente isso que tentava fazer com Helena. Que Deus me ajudasse mais uma vez, já que, sim, amava o meu doce escândalo e não pretendia abandonar minhas vinganças!

CAPÍTULO 25

"Pelo restante dos meus dias, por todas as feridas cicatrizadas do meu corpo e pelas da minha alma, ainda abertas, eu precisava de amor, eu o teria. Isso era uma promessa a mim mesma."
(Diário de Helena, Londres, 1801.)

HELENA

O sol entrando pelas janelas me fez acordar. Pensei estar sonhando quando olhei para George, que ainda dormia profundamente, com as pernas entrelaçadas entre as minhas e os braços me apertando pela cintura.

Lembranças da noite anterior fizeram com que meu coração se apertasse. Algo mudou em mim e acreditava, ao vê-lo ao meu lado, que em George também. Uma esperança se iluminou dentro do meu ser e senti que talvez os meus sonhos pudessem ser resgatados e que, sim, poderia ter a minha família.

Esperei, sem me mexer, ele acordar, o que não tardou a acontecer.

Um sorriso contido surgiu dos lábios perfeitamente desenhados no seu rosto. A beleza dele sempre me tirava o fôlego.

— Creio que já dormi muito mais do que seria permitido a um homem que tem propriedades para administrar e um escândalo para conter.

Coloquei as mãos sobre o rosto, envergonhada. Sim, eu provavelmente tinha passado dos limites. Ah, se ele soubesse que uma das minhas únicas amigas em Londres era uma prostituta.

— Não se envergonhe. Creio que vamos sobreviver a isso, só não posso dizer o mesmo de minha mãe.

Dessa vez, um enorme sorriso estampou seus lábios. Pegando minhas mãos entre as suas, ele as afastou do meu rosto.

— Me deixe olhar para a mulher mais linda de Londres. Não se esconda.

— Me diga, por que acha que em Londres aparência está além das pessoas, principalmente quando se trata de mulheres? Acha que posso entrar num baile sem ser julgada por minhas risadas escandalosas, meus atos insolentes ou minha completa essência carregada de dolo?

Ele me escolhera por ser um escândalo. Nenhum homem em sã consciência teria se casado comigo. E isso doía. Magoava-me saber que ninguém poderia ser o que queria nesse mundo taxativo.

O silêncio se abateu sobre o ambiente e pensei que talvez o tivesse feito refletir sobre sua irmã. Arrependi-me de minhas palavras. Antes de dizer algo, ele me puxou para mais perto de si, me apertando em seus braços.

— Eu só sei que poderá entrar em um baile em que sua risada seja a mais escandalosamente bela e seus atos insolentes farão todos os homens se render aos seus pés. Seus comportamentos inaceitáveis fazem com que eles tenham sonhos aos quais você não faria jus nem mesmo vestida de prostituta. — Ele parou de falar, depositando seus lábios sobre os meus em um beijo que me fez fechar os olhos e, então, continuou sussurrando sobre eles. — E os homens correm de você por medo. Sabem que você vai destruí-los com pensamentos. Mulheres não devem pensar.

Sorri com sua conclusão.

— O que elas devem fazer? — perguntei, curiosa.

— Bordar, cuidar da casa, cuidar dos filh....

Ele se retesou diante da palavra interrompida. Ele ia falar de filhos, mas se conteve. Fingi que não percebi, mas aquilo foi o suficiente para que tudo mudasse.

George se afastou.

— Preciso me levantar. A obrigação me chama.

Depositando um beijo frio na minha testa, ele deixou a cama, vestiu o roupão e saiu.

O vazio que sua ausência causou trouxe uma melancolia sem fim. Esse era o fim da nossa harmonia. Nunca seríamos uma família, concluí com tristeza. Porém, muito tinha sido conquistado nesta noite. Precisava ir com calma. Tudo poderia ser conquistado. Era isso que Nataly sempre dizia: *"Para uma mulher, não há limites".*

Diferente de todas as outras manhãs, levantei com uma nova força, me troquei e fui para a o café da manhã como a verdadeira dona dessa casa, como a duquesa desse lar. George já ocupava o seu posto na mesa, ao lado da mãe, que fez questão de me ignorar quando adentrei o cômodo.

Meu marido sorriu com gentileza, me recebendo com afeto. No entanto, a harmonia foi quebrada no instante seguinte, quando sua mãe nos interrompeu:

— Devo lhe informar que é de bom decoro oferecer um baile após o casamento. Sei que você não será capaz de organizar tal evento e estou disposta a fazer isso por você.

Engoli em seco com o comentário e não esperei pela resposta de George:

— Na verdade, só não tinha pensado em fazê-lo porque estava muito ocupada desfrutando as minhas núpcias. — O comentário indecente fez com que meu rosto queimasse e ela se engasgasse com o copo de leite que bebia. — Mas agora creio que posso dar andamento à festa tão aguardada por Vossa Graça e que entrará para a história de Londres.

Dessa vez, sua pele adquiriu um tom pálido e decidi que a vingança de George se tornaria minha também. Se ele sofrera no passado por aquela mulher, também me sentia na obrigação de fazê-la pagar por toda a tristeza causada ao homem que nesse instante me olhava com admiração.

— George, creio que você não vai deixar que sua mulher destrua sua propriedade e sua reputação com uma festa que será um verdadeiro fiasco! — ela exclamou, olhando indignada para meu marido.

Olhei na direção dele também, esperando por minha defesa, que não tardou a chegar.

— Creio que teremos a melhor festa já vista em muito tempo. Você tem todo o meu dinheiro, os meus criados e a mim ao seu dispor, milady — ele disse, pegando minha mão por cima da mesa e levando aos lábios, em um gesto de carinho que não era comum em público e muito menos a sós.

Senti-me lisonjeada e feliz, como nunca.

Aquilo seria emocionante. Organizar uma festa, mostrar para toda Londres que eu não era só uma derrotada, esquecida nos bailes da capital, a filha indigna. Era uma duquesa, casada com um homem que, por fim, poderia me amar. Eu estava radiante!

A festa era o momento em que poderia lavar minha alma, mostrar ao mundo meu valor. Eu poderia ser um escândalo, mas seria um escândalo memorável!

Daria a melhor festa já vista na cidade e, no fim da noite, faria questão de continuar envergonhando minha sogra e meus pais, para que eles se lembrassem do seu lugar nessa sociedade suja.

Indignada, sua mãe saiu da mesa.

— Teremos outro leilão nesse baile? — George perguntou, me provocando.

Gargalhei.

— Creio que não seria apropriado, meu lorde. Mas estou pensando em um baile de máscaras. Isso seria bem sugestivo.

— Ah, Helena... — Ele fechou os olhos brevemente e seu meio sorriso se alargou. — Creio que seremos fofoca por muito tempo.

— Acredito que sim! — assenti.

— Tem planos para esta tarde? — ele perguntou.

— Pretendia começar a organização do baile, por quê?

— Vou resolver alguns assuntos e depois preciso cumprir uma promessa e te levar para cavalgar. Acho que deixamos esse assunto pendente. — Ele piscou com malícia.

— Ah, sim. Seria necessário para minha compreensão sobre adestramento e meu lugar na sociedade. Algo muito bem-vindo com um baile à vista.

Arqueando as sobrancelhas, ele se abaixou aproximando do meu ouvido.

— Seria extremamente necessário, milady. Quero te mostrar os princípios básicos do adestramento do animal.

— Estou ansiosa— respondi em deboche.

Ele encostou os lábios na minha orelha, deixando um rastro de beijos por ali que me fez flutuar por alguns instantes e esquecer do que falávamos.

— Se vista adequadamente e me encontre depois que almoçar, ao lado do lago.

Suspirei, tentando me recuperar enquanto ele se retirava da sala de jantar.

De um dia para o outro tudo havia mudado. Tinha um marido que resolvera se interessar por mim e uma vida que estava disposta a desfrutar, da minha maneira.

A ideia do baile de máscaras surgiu como uma forma de poder trazer Nataly para a festa. Eu a considerava uma grande amiga que me ajudara quando tanto precisei, porém, infelizmente, ela nunca poderia frequentar os mesmos eventos de minha classe social. No entanto, se estivesse disfarçada, isso seria possível.

Empolgada, comecei a imaginar a noite do baile e tudo que poderia advir dela. Também reveria Charlote. Estava com saudades daquela moça ingênua e cheia de ideias malucas como eu. Seria uma noite histórica.

Pensei se poderia ser feliz com tudo aquilo e abrir mão da grande família que sonhava, dos filhos... Então decidi deixar isso de lado momentaneamente. Para cada coisa na vida tinha um momento certo e, para cada obstáculo, um desvio, principalmente quando se tratava de amor.

Capítulo 26

"Meu melhor amigo sempre disse que mulheres são como tempestades. Quando você menos espera, elas chegam e destroem tudo em você. A partir daquele dia, comecei a considerar as tempestades algo fraco, que nunca me deteriam."

(Anotações de George, Paris, 1799.)

GEORGE

Debruçado sobre os papéis na minha mesa, lembrei de uma vez, ainda na infância, quando peguei um resfriado e o médico preparou um remédio cheio de ervas que, além de ter um odor horroroso, era amargo como fel. Eu deveria ingerir uma colher daquele líquido apavorante todas as manhãs, por sete dias consecutivos. Para uma criança, aquilo era um castigo sem fim.

Quando choraminguei com Susan sobre minha lamentável situação, ela, com seu sorriso doce, me disse que era algo simples de se resolver: era só pegar o meu doce preferido, ingerir o líquido amargo tapando as narinas e rapidamente comer o doce. Eu pouco sentiria do líquido amargo e o que ficaria na minha boca seria o gosto adocicado. Suas palavras foram: *"Nada de amargo pode superar o doce da vida"*.

Nesta manhã pensei em como Helena era o doce que me ajudava a superar o cálice amargo dos últimos dias.

Alguém bateu à porta.

— Entre.

Era meu lacaio.

— Vossa Graça, chamou-me?

— Quero que sele dois cavalos, por favor. Escolha um bem manso e o meu de costume.

— Sim, milorde — ele assentiu e se retirou com minha permissão.

Tentei me concentrar para terminar o resto dos afazeres. Como tinha me ausentado por alguns dias, muitas coisas tinham se acumulado. Uma das minhas propriedades em Brighton estava com dificuldades na colheita e eu precisava estar lá, mas, devido ao casamento e aos meus propósitos com minha mãe, não me permitia ficar ausente, o que dificultava e prejudicava mais os meus negócios. Esperava resolver em breve, ou poderia ter prejuízos graves.

Organizei vários livros contábeis, encaminhei algumas cartas e, quando uma certa silhueta não me saía da memória, decidi matar a saudade da minha dama.

Encontrei Helena sentada no sofá da sala, concentrada, com uma lista na mão. Ela não me viu entrar e a surpreendi com um beijo na bochecha que a fez corar.

— Fazendo a lista da festa ou dos convidados que pretende envenenar? — perguntei um sorriso zombeteiro no rosto.

Colocando o dedo no rosto, ela se fez de pensativa.

— Na verdade, os dois. Quer me dar alguma sugestão de convidado ou veneno? — Sorriu.

Sua concordância fez com que uma gargalhada ecoasse pela sala e, só então, percebi que era minha. Eu estava feliz. Ela me fazia feliz.

— Depois podemos pensar sobre isso. Pronta para nosso passeio?

— Não exatamente pronta, eu diria. Se o estivesse, estaria vestindo calça como meu marido, assim poderia sentar-me em um cavalo adequadamente — me respondeu com língua afiada, como somente Helena poderia, apontando para o seu vestido de tecido leve próprio para montaria, na cor verde-água.

— Creio que isso não será empecilho para o nosso divertimento —

garanti, estendendo a mão para que ela me acompanhasse.

— Seu divertimento está garantido exatamente nessa questão, graças aos tombos que esse vestido me proporcionará.

Peguei sua mão envolvida em luvas de seda.

— Creio que não deixarei você cair. A não ser que eu fique por baixo.

O comentário em tom indecente fez com que ela corasse novamente, e senti vontade de mudar meus planos e levá-la para o quarto, mas não poderia fazer isso.

— Não sou mulher de ficar por baixo, você sabe disso — respondeu, me surpreendendo como sempre.

Abri a porta da casa e a brisa da manhã nos surpreendeu, assim como a paisagem bela do lugar que, se não fosse pelas lembranças do passado, seria encantador. A vegetação era perfeitamente verde nessa época do ano e o lago brilhava em contraste, refletindo as cores da mata e do céu.

De longe avistei os cavalos que já nos aguardavam.

— Ali! — apontei para os dois. — Aquele cinza é Joshua, meu preferido. Sempre monto nele — expliquei para Helena.

— Devo presumir que ele é o mais adestrado, o que obedece às suas ordens, e que lembra em comportamento muito mais um cachorro de madame que um cavalo — disse com audácia, seus olhos faiscando de desejo por me enfrentar. Ela gostava daquele jogo e eu ficava enfeitiçado por isso nela.

Parei nossa caminhada e entrelacei os braços em sua cintura, apreciando seu olhar e a desafiando também.

— Acho que não sou muito adepto a cavalos domados. Joshua foi encontrado perdido em uma mata aqui perto. Estava assustado e arredio, e não era um cavalo propício para ser domado. Era um dos mais ariscos que já tinha encontrado na vida. E foi exatamente esse que escolhi para ser meu. Ele é exótico, único.

Um dos cantos da boca dela subiu em um sorriso enviesado. Depositei meus lábios ali, sentindo seu perfume encantador.

— Está dizendo que sou um cavalo indomável? — ela sussurrou. — E que faz caridade com coisas, como Joshua?

Sorri ainda mantendo meus lábios perto dos seus. Como uma mulher poderia ser tão encantadora? Os meus planos nunca poderiam ter dado tão errado. Nunca conseguiria deixá-la de lado. Ela era um furacão.

O meu furacão.

— Estou dizendo que você é exótica, exclusiva e encantadoramente indomável. Além de ser completamente minha.

Ela abriu os lábios sorrindo e os capturei, passando a língua pelo lábio inferior, decidido a arrastá-la para o quarto.

Afundei os dedos em seus cabelos, sem me importar se desmancharia seu lindo penteado. Precisava sentir a maciez daqueles cachos perfeitos.

Ela deixou escapar um gemido. Puxei seu corpo, colando mais próximo ao meu, e ela me empurrou.

— Não! Por Deus! É dia e estamos ao ar livre. Ficou louco? — retrucou rindo.

Assenti.

— Creio que sim. Acabei de mudar meus planos. Vamos cavalgar no quarto. Teremos uma aula teórica de equitação.

Ela colocou as mãos sobre a barriga e se abaixou.

— Você está bem? — perguntei preocupado.

E então surgiu um estrondo! A gargalhada mais alta e estranha que já tinha escutado na vida. Ela me olhou sem ar, com os olhos lacrimejando. Não conseguia parar. Estava tendo uma crise de risos parecida com a que tivera no baile em que a conhecera. Tudo que pude fazer, então, foi acompanhá-la. Comecei a rir também e apontar para a casa, para onde deveríamos voltar. Helena apontou para os cavalos e saiu correndo. Fui atrás dela, me sentindo livre, me sentindo feliz.

Quando a alcancei, joguei-a nos ombros e levei-a de volta para casa, sem me importar se era um duque, um homem poderoso, se alguém estava olhando. Só me importava que estava feliz com a minha mulher.

Ao abrir a porta de casa, Helena com seu escândalo chamou a atenção de alguns criados, e assim fomos até meu quarto, onde a joguei na cama e a despi, de forma rápida, mas a amei de forma lenta.

E tudo era perfeito até que o fantasma do meu pai chegava e se colocava entre nós; e, quando derramava minhas sementes na cama, podia ver a tristeza se infiltrando no olhar da mulher que aprendi a amar. Mas convenci a mim mesmo que, com o tempo, aquilo se apaziguaria, porque até as piores tempestades cessavam. Mas a consciência me lembrava também de que as tempestades sempre deixavam um rastro de destruição que o tempo não apagava.

Passamos a tarde na cama, falando de inutilidades, da festa, de coisas bobas, de outras coisas importantes, e até de negócios. Com Helena era fácil. Podia-se falar de qualquer coisa. De política a religião. Ela tinha uma resposta para tudo.

— Me conte uma coisa, como você entrou naquele bordel? — acabei perguntando em uma das nossas conversas banais.

E, de repente, a mulher de todas as respostas se calou.

Alguém bateu na porta para interromper um momento tão importante. Levantei e coloquei o roupão. O meu lacaio sabia que odiava ser incomodado. Devia ser algo extremamente importante.

— Me espere na cama. É um minuto — pedi para Helena. Queria terminar aquela conversa. Ela parecia pálida.

Abri uma fresta da porta.

— Me desculpe, Vossa Graça, sei que não gosta de ser incomodado, mas é uma emergência.

Assenti para que ele continuasse.

— Senhorita Marcele está lá na porta. Disse que enviou uma carta para o senhor faz um mês anunciando sua chegada para uma breve hospedagem de férias. Comunicou que o senhor não respondeu, no entanto nunca a colocaria para fora de sua propriedade.

— Oh, céus! — exclamei colocando a mão na testa.

Marcele era uma prima muito querida da minha família, de minha mãe, e foi minha também, indo parar várias vezes na minha cama quando vinha passar férias em casa. Olhei para Helena, que sorria apreensiva na cama. Eu não tinha visto a carta de Marcele. Tinha ignorado muitas cartas nos últimos dias e, agora, não tinha como colocar ela para fora de casa, mas estaria muito encrencado se Helena descobrisse nosso passado. Mas passado era passado. Agora era um homem casado.

— Mande-a entrar e a acomode em um quarto de hóspedes — dei ordens para o lacaio. — Já desço para recepcioná-la.

Quando ele saiu, olhei para minha mulher, que continuava pálida. Tinha alguma coisa errada na história do bordel. E eu sentia que Marcele me traria problemas.

Mulheres, mulheres, sempre as mulheres!

Paula Toyneti Benalia

Capítulo 27

"Nunca consegui compreender como homens são capazes de colecionar mulheres. Que Deus me livrasse desses libertinos."

(Diário de Helena, Londres, 1799.)

HELENA

George fechou a porta e me olhou com as sobrancelhas arqueadas. Parecia intrigado e, ao mesmo tempo, preocupado.

O pouco tempo que ele passou conversando com seu lacaio não foi o suficiente para que eu encontrasse uma desculpa para sua pergunta. Como tinha entrado no clube? Não tinha reposta plausível para tal indagação!

Aquele tipo de clube necessitava de um convite exclusivo para os cavalheiros e tinha um passe livre para as damas que fossem realmente prostitutas, o que eu não era. Não poderia simplesmente dizer que tinha uma amiga dona de um bordel. Não arriscaria expor Nataly, não depois que ela tanto me ajudara.

— Creio que vamos ter essa conversa mais tarde — George disse, passando as mãos pelos cabelos. — Temos visita para hospedar em nossa casa.

Surpreendi-me pelas duas coisas. Primeiro, aliviada pelo encerramento do assunto por ora e, segundo, porque não era de bom tom visitar recém-casados para se hospedar, muito menos sem avisar, ou....

— Quem seria? Você não me disse nada! — comentei.

— Eu não sabia. É uma prima muito estimada por minha família. Ela deve ter mandado uma carta que acabei não vendo, devido aos acontecimentos dos últimos dias.

— Ela não sabe que você se casou? Provavelmente não estaria aqui se soubesse, não é? — indaguei.

Ele balançou a cabeça.

— Creio que não tenha recebido a notícia do nosso repentino casamento. Vá para o seu quarto se trocar. Espero você lá embaixo. Vou recepcioná-la.

Assenti, extremamente irritada. Estávamos em perfeita paz e aquela prima deveria ser outra velha chata, como a mãe de George.

Não fiz questão de me trocar com urgência.

Conforme fui descendo as escadas até a sala, pude escutar a voz da intrusa que não me pareceu em nada de uma velha chata, mas de uma jovem audaz.

Quando meus pés adentraram a sala, pude vislumbrar uma dama de cabelos loiros claros, olhos azuis perfeitos e um sorriso contagiante. Não, definitivamente ela não era uma velha! Porém, meu maior incômodo foi observar a forma como ela conversava com George, como se fossem íntimos! Ele sorria enquanto ela dizia algo próximo ao seu ouvido e mantinha as mãos em seu peito. Aquele não era o comportamento de uma dama! Mas que ironia, quem era eu para falar de comportamentos aceitáveis para uma dama?

Algo me incomodou, mas balancei a cabeça. Era só uma sensação de posse com George, já que ela era sua prima e ele meu marido. Agora que estávamos nos entendendo, nada poderia tirar nossa paz.

Recompus-me e abri um sorriso, indo na direção dos dois. George ficou sério no mesmo instante em que me viu, e a sua repentina mudança de atitude fez com que algo se acendesse dentro da mente. Estranho, muito estranho...

— Marcele, deixe apresentar....

— Oh, essa deve ser... — ela interrompeu George e veio me cumprimentar com um abraço afetuoso. Reparei que seu perfume era bom. Com toda certeza deveria ser francês. Diziam que lá tinha os melhores. — Creio que é a governanta.

Engoli em seco, enquanto ela se afastava e me observava.

— Não... — Ele passou a mão pelo rosto, parecendo constrangido. Estava com vergonha de mim? Eu o mataria por isso mais tarde. — É minha esposa, a duquesa de Misternham, Helena.

Ela abriu a boca e ficou pasma por alguns instantes. Seu olhar confuso, se alternando entre mim e George.

— Por Deus, George! — disse, por fim, quando se recuperou do choque, colocando as mãos na cintura, como se estivesse zangada. — Por que não nos disse que estava passando por problemas financeiros? Papai teria te ajudado, com toda certeza. Não precisava de um dote às pressas, se casando com a primeira que o oferecesse.

Desta vez, o choque foi meu por suas palavras insolentes. Onde ela pensava que estava, me desmerecendo dessa forma?

Meu rosto se fechou e, mesmo a contragosto, abri meu melhor sorriso em sua direção.

— Creio que vocês não se veem ou conversam há bastante tempo. Mas os negócios de George estão melhores do que nunca, não que isso seja da sua conta. Na verdade, meu dote foi insignificante diante da sua riqueza! — O que era uma verdade!

E como se diz que quando há uma cobra outra sempre pode se juntar para dar o bote, minha querida sogra chegou, já abrindo os braços para receber a recém-chegada com uma alegria indescritível.

— Marcele, que alegria ter você em nossa residência!

— Titia, que saudade!

Abraçaram-se por longos minutos. Amavam-se! Que bonitinho! Era muito amor em família. Sorri com ironia, contemplando o rosto de George, que olhava tudo ainda com preocupação.

— Estou muito constrangida! — Marcele abaixou o olhar se fazendo de envergonhada. Era uma excelente atriz. — Não soube do casamento de George e creio que sou um incômodo. Devo pedir que voltem minha bagagem para a carruagem. Vou retornar agora mesmo para Paris.

— De forma alguma, querida! — Estendeu a mão e fez uma cara como se estivesse sentindo dores horrorosas. — Você fica. Até porque vamos dar uma grande festa e não temos nenhuma cantora em vista. Não é, George?

Todas nós olhamos para ele. Eu esperava sua reprovação.
Ele deu de ombros e, por fim, disse:
— Claro! Sempre é bem-vinda nesta casa.
Era o fim! Eu estava possessa. Não sei se pelo fato de que ela estava sendo deselegante, ou porque ele não percebera meu incômodo com a presença da moça, ou pelo fato de ela ser linda e, ainda por cima, cantora...ou não sei! Tudo me irritava naquela mulher. Por fim, abri um sorriso, pensando que se Nataly estivesse ali, ela agiria assim.
Aproximei-me de George e coloquei as mãos em seus ombros.
— Sim, você é! Deve estar cansada, vou pedir que levem sua bagagem e que a acomodem em um dos nossos quartos de hóspedes. — Que farei questão de que seja o pior da residência, pensei. — Querido, será que você pode me acompanhar até a cidade esta tarde? Tenho que comprar algumas coisas e creio que preciso de um homem para me ajudar a carregar as compras. — Sorri com olhar mimado.
Definitivamente, essa não era minha postura, no entanto, precisava realmente comprar coisas para o baile e fugir dessa casa por uma tarde. Me faria bem ficar longe daquelas duas.
— Que ótima ideia — Marcele interveio, batendo palmas. — Estou precisando de novos vestidos, será que posso acompanhá-los?
George me olhou pedindo socorro. Senti meu sangue ferver.
— Ah, me desculpe. Mas vou visitar Charlote, uma grande amiga, e como não avisei que você iria, creio que ficaria deselegante. Querido, será que sua carruagem poderá levar lady Marcele à cidade amanhã? Assim, ela poderá descansar esta tarde e fazer suas compras com mais tranquilidade.
Aquela mulher me olhou de forma diabólica. Foi algo sutil, que meu marido não notou, já que no instante seguinte ela abriu um sorriso e assentiu. Percebi que tinha conquistado uma inimiga. Mas era só mais uma na lista, e não me importei. Tinha conquistado muitas coisas com George nesses dias e não seria uma mulher qualquer de olhos azuis, cabelos dourados e rosto angelical que chegaria para tomar.
Acompanhada de minha sogra, ela foi se acomodar no quarto de hóspedes que dei instruções para uma das criadas colocá-la. Era um dos menores da casa.

Quando ela se afastou, George sorriu sem graça e pediu licença para ir até o seu escritório. Tinha algo no ar que me incomodava. Eu sempre tive um sexto sentido. Algo me dizia que lady Marcele era mais que só uma prima.

Passei a mão pela nuca e deixei os pensamentos para trás, lembrando que tinha muitas outras coisas para me preocupar, como a visita inesperada à lady Charlote, já que ela não fazia ideia de que apareceria na sua casa e aquilo tinha sido só uma desculpa para que Marcele não fosse conosco até a cidade.

Também tinha todas as questões do baile. Olhei desanimada para o sofá da sala, onde anteriormente tinha quebrado minha cabeça pensando nos detalhes daquela festa. Por Deus, como se organizavam tantas coisas para uma única noite? Tinha que se pensar nas cores das toalhas, das cortinas, na disposição dos talheres, dos convidados, o cardápio. Nada poderia sair errado — e se desastres eram comuns com minha presença, que dirá com minha organização!

Se era para fazer história, com certeza essa noite seria inesquecível.

Paula Toyneti Benalia

Capítulo 28

"Mulheres do passado são como uma página virada de um livro, um que você gostou de ler, mas não pretende repetir a leitura. Seu lugar é no passado, e você precisa de novas páginas, novas mulheres. Não pretendo permanecer na mesma página, nem por duas noites. É demasiadamente irritante."

(Anotações de George, Londres, 1800.)

GEORGE

Parado em frente à Margins, uma loja de artigos finos, esperando impacientemente há mais de uma hora enquanto Helena fazia suas compras, pensava em como sairia daquele enrosco. Era óbvio que Marcele estava ali para me causar problemas. Se não conseguisse o que almejava, tornaria a vida das pessoas um inferno, como a criança mimada que sempre fora.

Filha de um grande banqueiro, sua família, Rosfeld, veio da Alemanha e fez sua fortuna investindo principalmente na indústria têxtil, que estava em grande expansão. Dizia-se que a fortuna do velho Junques era incalculável, assim como sua frustração por não ter um título, o que o mantinha distante de muitas coisas da sociedade. O dinheiro não comprava tudo na Inglaterra, porém ele acreditava que compraria um bom casamento para sua filha, que viria carregado pelo título.

Marcele cresceu e foi educada para isso. O objetivo de sua vida se resumia a se casar com um duque ou, no mínimo, um marquês. Eu acreditava que sua frustração ao me ver casado, e saber que tinha perdido um bom partido, se resumia a uma boa birra.

Não me importaria com isso em qualquer outro momento da minha vida. Mas, nesse instante, a minha paz com Helena tinha um sabor tão doce, os últimos momentos passados com ela foram tão maravilhosos, que não pretendia deixar que aquela mulher pretensiosa quebrasse aquilo.

Precisava de um plano. Urgente!

Helena me olhava com desconfiança, como se já tivesse captado algo no ar. Durante todo o trajeto pude sentir isso.

Olhei para a vitrine e vislumbrei minha mulher distraída escolhendo alguma coisa que não distingui o que era. Ela sorria para a vendedora e tive vontade de raptá-la, levá-la para algum canto daquelas vielas e possuir seu corpo. Estava me sentindo um pervertido; se Pietro me visse ali, esperando minha mulher fazer compras e tendo esses pensamentos, me chamaria de...

Era isso! Pietro era a solução. A ideia era brilhante. Ele tinha o título, e Marcele a fortuna de que precisava. Era o casamento perfeito. Ela não se importaria com as perversões do meu amigo e Pietro a aproveitaria muito bem.

O baile seria a oportunidade perfeita para apresentá-los e tudo se encaixaria, incluindo a situação crítica de Vandik, que não tinha mais uma moeda no bolso e os credores se acumulavam em um nível tão assustador que nem o incomodava mais. Eu me preocupava muito mais que ele.

Fiquei maquinando pelo que pareceu uma eternidade, até Helena sair da loja carregada de sacolas, sendo acompanhada por mais um batalhão de mulheres que ajudou a acomodar todas as coisas na carruagem.

Com um olhar de menina travessa, ela se aproximou com uma caixa nas mãos.

— Esta é para você. Um presente.

Abri a boca para responder algo. Então me percebi sem palavras, surpreso. Não me lembrava da última vez que alguém tivera um gesto tão nobre comigo. Tinha tanto brilho dentro dos olhos dela...

Sem me importar com as regras, peguei a caixa das suas mãos e coloquei meus lábios sobre os seus.

Não existiam regras sociais entre mim e Helena. Não poderiam existir regras entre sentimentos, ela era avessa a etiquetas e eu amava isso nela.

Helena arregalou os olhos, surpresa com o meu beijo.

— Já tenho meu melhor presente — disse, com a emoção latente em minha voz — a sua existência em minha vida.

— Então devo devolver? — ameaçou, tentando tirar o pacote das minhas mãos.

Beijei-a novamente. Dessa vez, não encostei só meus lábios; invadi sua boca sem pedir licença. Estava cada minuto mais encantado com seu jeito de ser despretensioso, ameaçador e livre de viver a vida.

— Creio que já me deu o presente e eu não deveria recusar. Seria deselegante.

Abri a pequena caixa de veludo azul-turquesa e encontrei um relógio de bolso dourado. Quando o abri, vislumbrei gravados em latim, quase imperceptíveis ao fundo, uma data e um horário. O relógio era uma antiguidade.

— É para que, sempre que estiver longe de mim, olhe para o relógio e se lembre do dia e da hora em que me conheceu. Saberá os caminhos que tomou a partir daquele dia, dos rumos que trilhou e das escolhas que fez e, assim, não desejará olhar para trás.

— Eu não vou olhar para trás! — disse com convicção.

Abri as portas da carruagem para que entrássemos. Queria ter essa conversa longe dos olhos curiosos. Já dávamos um pequeno espetáculo na rua.

O presente era maravilhoso, suas palavras também. No entanto, tinha algo por trás daquilo, e eu pude reconhecer o que era, porque sentira isso muitas vezes na minha vida. Era medo.

Assim que nos acomodamos, reparei que ela mantinha os olhos fixos no estofado extravagante do assento. Estava constrangida. Sabia que eu havia percebido seu medo. Aproximei-me do seu corpo e ergui seu rosto delicado que, ao mesmo tempo, tinha o ar resoluto de um soldado pronto para ir à batalha.

— Não se entristeça, vida minha. O que há? — perguntei, mesmo com medo, já sabendo o motivo de todos os seus receios.

Seu olhar amedrontado me encarou.

— Já se deitou com aquela mulher?

A pergunta sem rodeios me pegou de surpresa, me deixando outra vez sem palavras. Quando consegui me recompor, abri um sorriso, porque amava sua audácia e sua coragem.

— Por que faz perguntas cujas respostas não quer escutar, quando talvez já saiba o que vai ouvir, muito antes dos seus questionamentos?

Ela se endireitou, levantou a cabeça e desviou o olhar antes de me devolver a resposta, e me surpreendi por perceber como já a conhecia tão bem. Helena estava com o orgulho ferido e tentava esconder isso de mim.

— Só preciso saber com que tipo de pessoas estou lidando. Não sou o tipo de mulher que se magoa facilmente, meu lorde. — A forma cortês como me chamou mostrava claramente que estava magoada, contradizendo suas palavras. — Ela se juntou com sua mãe. Creio eu que estão tramando algo a meu respeito nesse instante. Não acha?

— Acho que você mente muito mal, como sempre o fez. Tenho certeza de que, sim, estão tramando, e sei que não se importa com isso, você nunca se importaria com algo que viesse de tão baixo. E minha mulher, essa que está na minha frente, me olhando neste instante, com medo da minha resposta, precisa saber de algumas coisas primeiro.

Encostei minha testa na dela, e pude sentir que sua respiração ficou irregular. Era impressionante a forma como nos tocávamos e nossos corpos se acendiam.

Meus lábios se encaixaram nos dela, enquanto minhas mãos foram de encontro ao seu corpo, erguendo-o com facilidade e o trazendo para meu colo.

— Não poderia enumerar as mulheres que passaram por minha cama, as que desonrei, as que vi nuas. E talvez nunca consiga fazer isso, principalmente por não lembrar sequer os seus nomes... — comecei a dizer no seu ouvido, com palavras sussurradas, como um segredo que seria só meu e dela, ali, dentro da carruagem, onde o mundo não poderia nos enxergar e nem nos ouvir. — Mas consigo memorizar o som do seu riso quando entrei naquele baile; consigo saber, sem ao menos te ver, que você chegou, porque conheço todos os seus cheiros, o seu sabor é inconfundível....

Ela arfou quando brinquei com meu nariz perto da sua orelha, querendo sentir a maciez da sua pele. Queria absorver cada pedacinho do seu corpo, memorizá-lo por inteiro.

— Você cheira a morango, misturado com lavanda, mas quando termina de se banhar, seu cheiro se transforma em rosas molhadas pelo orvalho na primavera. O som do seu riso me lembra o final de uma grande peça teatral que agradou todo o público. É como se, uníssono, chegasse aos ouvidos da plateia e transbordasse aos olhos dos mais sensíveis por ser forte e, ao mesmo tempo, tocante. — Ela inclinou o pescoço, dando mais passagem para minha boca, que trilhou alguns beijos por ali, e continuei: — A sua boca me lembra o sabor das amêndoas que provei na Itália, e não é só pelo paladar, mas sim pelas lembranças felizes que tive lá e desejo repetir com você; já o seu corpo, este tem gosto de pecado.

As mãos dela subiram e acariciaram meus cabelos. Tomei sua boca, beijando e aproveitando o sabor que amava. Ela retribuiu o beijo e, sem me importar com mais nada, comecei a despi-la, até perceber o solavanco da carruagem e, depois, notar que estava parando. Tínhamos chegado.

Olhamo-nos assustados e, como dois inconsequentes, nos recompusemos em meio às nossas risadas.

Quando o cocheiro abriu a porta para descermos, estávamos vestidos, porém Helena tinha as bochechas coradas que diziam muito, e eu não gostaria de imaginar minha aparência.

— Você não iria visitar lady Charlote? — perguntei, me lembrando.

— Me esqueci completamente — disse colocando a mão na testa. — Depois envio uma carta e um pedido de desculpas. Creio que já estou sofrendo de amnésia da paixão.

As suas palavras me fizeram gargalhar.

Sabia que não conseguiria entrar em casa sem ser incomodado por minha mãe ou Marcele, muito menos sem chamar a atenção com o barulho que fazíamos, rindo feito duas crianças.

Peguei no braço de Helena e decidi que nada tiraria a alegria da minha mulher, que tentava conter um sorriso.

Como esperado, assim que entramos as duas nos aguardavam na sala. Marcele nos olhou por alguns instantes e, em seguida, lançou um olhar de cumplicidade. Sua malícia deixava claro que sabia o que fizemos instantes atrás.

— Que bom que chegaram — minha mãe foi a primeira a dizer. — Estávamos aguardando vocês para o almoço.

Marcele se levantou, vindo em minha direção.

— Esta casa não é a mesma sem você nem por um instante, meu primo. Já estávamos entediadas. Aproveitei a oportunidade para contar algumas das nossas aventuras à sua mãe da última vez que estivemos juntos na Itália. As lembranças são tão fortes que não consigo esquecer, e ostento em meu pescoço até hoje o presente que me deste naquela ópera.

Devo ter ficado sem cor ao ver o colar de diamantes que ela usava no pescoço àquela hora do dia. Não era apropriado. A joia, comprada de um comerciante italiano, era para ser usada à noite e custou uma pequena fortuna. Pensei em como tinha sido inconsequente.

— Se me permitem, peço licença para subir até meus aposentos. Andamos mais do que era apropriado e preciso me banhar.

Helena se desfez dos meus braços.

Irritado, olhei para as duas mulheres à minha frente, sabendo desde o início que não facilitariam a minha vida. Antes de subir, disse irado:

— Creio que esteja na hora de ostentar anéis, lady Marcele — declarei para que Helena, mesmo de costas e já se retirando, pudesse escutar. — Se me permitem...

Segui minha mulher, que a passos rápidos entrou em seu quarto. Não deixei que ela fechasse a porta. Seu desejo era batê-la na minha cara, e eu bem sabia que ela era audaciosa o suficiente para fazer tal coisa.

Ela sacudiu a cabeça.

— Não estou irritada. Só me deixe uns instantes e tudo ficará bem.

— Sabe muito bem que não me afeto mais com o que aconteceu. Não vamos ser felizes se você se irritar com todas as amantes do passado que atravessarem o seu caminho — disse em tom de súplica. Eu odiava que brigássemos, queria a paz que ela me trazia.

— Não vou me incomodar com as mulheres que passarem pelo meu caminho — disse, sem conseguir se conter, os dedos já apontados para o meu rosto em tom de desacato. — Só com as que você traz para dentro da nossa casa. Não sou obrigada a aturar tal afronta. Até o baile, lady Marcele fazendo questão de dizer claramente que foi sua? Não aceito! Se me quer, pode mandá-la embora desta casa.

Mesmo compreendendo sua ira, precisei me impor.

— Você não escolhe meus hóspedes e não vai falar comigo neste tom. Achei que já tinha compreendido isso. — Não estava acostumado com pessoas me desafiando. Eu era um duque! Muito menos uma mulher, a minha mulher!

— E já deixei claro a você que não sou um dos seus cavalos. Discutimos isso antes e achei que tivesse compreendido, milorde.

— Instantes atrás eu era George. Agora sou milorde? — perguntei com ironia, agastado por vê-la tão irritada com algo que não era minha culpa. E mais nervoso ainda sabendo que Marcele e minha mãe estavam conseguindo o que queriam.

— Sim, Vossa Graça, se preferir, ou não sei como devo chamá-lo, já que minhas práticas de convenções nunca foram as melhores — debochou de si mesma. — Talvez seja por isso que nossos encontros sejam dentro de carruagens, no quarto, e não em óperas acompanhada de presentes caros. No fundo, talvez eu seja sua amante, e me manter trancada em casa seja uma excelente ideia. Não darei escândalos, evitarei que seu nome seja jogado à sarjeta, e você poderá toda semana ir à cidade a negócios e fazer boas compras! Na cama!

— Acho que compreendo exatamente o que está dizendo. Seu ciúme está lhe cegando e fazendo dizer palavras injustas. — Minha voz era baixa e sombria. — Eu tenho um mundo a lhe oferecer e a privei de uma única coisa para que pudesse ficar comigo — disse, fazendo referência aos filhos que não lhe daria. — Creio que o mundo será suficiente se me deixar colocá-lo aos seus pés. Porém, não me afronte desta maneira. Você não é um cavalo, mas é minha mulher e minha propriedade.

As palavras duras trouxeram mágoa aos seus olhos. Meu olhar impassível estava fixo ao dela.

— Quer ser minha mulher? Você já é. Amantes não possuo mais. O passado não pode ser apagado. Estou lhe dando a chance de escrevermos o futuro.

— Como sua submissa que aceita regras e amantes na sua casa? — me desafiou novamente. Ela não tinha limites quando estava irritada.

— Como minha mulher, que terá o mundo se o quiser, mas que, sim, deve buscar o meu respeito, sabendo que a última palavra sempre será minha.

Depois de me encarar por longos minutos, ela soltou a respiração e fechou os olhos.

— Creio, então, que não tenha nascido para ser esposa de um duque.

Depois de uma curta reverência, que ela fez sem classe alguma para provocar, me deu as costas. O assunto estava encerrado.

Queria dar umas boas palmadas nela, como sempre quando terminavam nossas discussões, mas saí do quarto para não fazer tal besteira.

Desnorteado, entrei no meu quarto pensando se um dia conseguiríamos nos acertar. Éramos diferentes e Helena não conseguia compreender o meu papel na sociedade. Ela queria uma família; eu queria só uma esposa. Nada se encaixava no nosso casamento, a não ser o fato de que sentia que meu ar faltava quando não a tinha, que algo dentro de mim se partia em mil pedaços quando a magoava e não conseguia, nem por um piscar de olhos, imaginar um amanhã sem ela.

Eu a amava, menos suas insolências... Por Deus, eu amava até suas insolências!

Capítulo 29

"Sempre amei olhar o céu noturno. Admirar a lua, as estrelas... Sempre me diziam que beijos eram carregados delas. Eu esperava ansiosa por aqueles que me fariam flutuar."

(Diário de Helena, Londres, 1800.)

HELENA

Os dias que se seguiram foram um tormento. Organizando aquela maldita festa sem ter muitas ideias do que fazer; aguentando Marcele que, a cada minuto ao meu lado, aproveitava para dizer o quanto já tinha se divertido com George e contar suas histórias; aturar a mãe dele colocando defeitos em tudo que eu escolhia para o baile...

Desejei pegar uma carruagem e sair para algum lugar distante, onde ficasse só com meus pensamentos e ninguém me importunasse. Mas pensei não ser uma boa ideia. As coisas entre mim e George não estavam bem. Havia dias ele não me visitava em meu quarto, e me sentia como uma hóspede indesejada em uma casa que não era a minha.

Sentia-me infeliz. Pensei que, se ao menos tivesse meus filhos, aquela sensação seria preenchida com amor. Nessa semana, lamentei por não poder ser mãe como nunca antes. Odiei George por tudo, por minhas tristezas, minhas privações, mas, no fim, sempre acabava pensando nele antes de dormir, suas mãos me tocando, seus beijos...

Era como uma doença. Meu corpo estava tomado por ela. Só conseguia pensar nele e nada mais era importante se ele não estivesse sorrindo para mim. Mesmo os dias ensolarados ficaram tristes e sombrios.

Coloquei todos os meus esforços na festa. Planejando cada detalhe, enviando os convites, mas quanto mais se aproximava a data, mais meu coração se apertava. Eu queria ser o escândalo que dançaria com meu marido umas três valsas, receberia palavras sussurradas ao ouvido durante a festa, beijos roubados... eu o queria de volta. Era uma tola, insensata.

Não conseguia ser aquela mulher que assentia a tudo o que o marido dizia. Lembrei-me de minha mãe que a vida toda, mediante um único olhar do meu pai, se calara. Onde estava aquela mulher dentro de mim? Tentava me controlar, porém as indagações surgiam como uma tempestade que precisava sair de dentro do meu corpo. Comecei a sentir raiva de mim e raiva dele, porque queria que eu fosse um escândalo, mas quando bem entendesse, e a duquesa perfeita quando bem lhe aprazasse.

A vingança perdeu o gosto; nada do que a modista mostrava me encantava para o baile e, faltando poucos dias, minha roupa ainda não estava sendo feita porque nem o tecido escolhera.

— Olha, já estamos fazendo as roupas de todas as ladies mais importantes. Lady Marcele trouxe-nos um tecido de Paris para o seu vestido que vai ficar divino! — minha modista comentou.

Meu sangue ferveu. Além de cantar na minha festa, ela queria ser a mais elegante.

Pensei em Nataly, em como ela me veria com desgosto nessa situação. Já tinha enviado o convite e esperava que ela viesse. O baile seria de máscaras e não teria problema algum em aparecer.

— Preciso de algo majestoso — disse por fim. — Nada de cores pálidas.
Ela me olhou assustada.

— Negro outra vez, duquesa? — perguntou com desgosto na voz.
Sorri ao ver seu semblante. Neguei com a cabeça.

— Não. Desta vez, vamos usar azul-turquesa. Não vamos economizar em cetim e rendas.

Algo surgiu na minha mente.

— Preciso de papel e tinta. Devo ter por aqui. — Comecei a procurar pelas gavetas das penteadeiras. — Encontrei. Me dê alguns minutos, e te desenho exatamente o que desejo.

Comecei a traçar as linhas de um vestido. Passei muito tempo sentada nos bailes, rejeitada, então sabia muito bem o que ficava bem e o que não agradava no vestido de uma dama. Os riscos foram surgindo conforme a minha imaginação me levou. Quando terminei, fiquei encantada com o que vi. Era exatamente como sonhava.

Entreguei o pedaço de papel para senhorita Marshala, que o olhou fixamente por alguns instantes sem ao menos piscar. Em seguida, me encarou com um sorriso nos lábios que ia de orelha a orelha.

— Isso é... Magnífico, duquesa! Magnifico! Nunca vi algo tão belo por aqui. Creio que seja a última moda em Paris. Você esteve por lá?

— Não, Marshala. Apenas bom gosto por coisas bonitas. Consegue fazer em tempo hábil? Tem a máscara, outros detalhes que vamos vendo conforme você for confeccionando o vestido.

— Creio que sim. Desafios sempre foram meu defeito: amo-os. Vou pedir todo o material de que preciso e começo ainda hoje. Será minha obra-prima da costura! — disse, extasiada.

E assim meus dias foram sendo preenchidos por coisas fúteis, como toda boa esposa.

George fazia questão de não cruzar comigo dentro de casa e pensei se ele viajaria atrás de alguma amante. Passava horas olhando pela janela ao anoitecer, com medo de que sua carruagem partisse.

Quando não aguentei mais o silêncio, inventei alguma desculpa e fui bater na porta do seu escritório.

Engoli meu orgulho, respirei fundo e entrei quando ele permitiu.

Encaramo-nos por alguns minutos, em silêncio. Ali, sentado atrás da mesa, com alguns papéis nas mãos, seu rosto tinha uma expressão cansada. Desejei abraçá-lo. Seu olhar não tinha o mesmo brilho; no entanto, continuava lindo. Nessa manhã, sua beleza era sombria, como se me castigasse de alguma forma. Os lábios carnudos perfeitos estavam contraídos, a testa enrugada pela expressão carrancuda, seu olhar era sério e a frieza, palpável.

— Pode dizer o que precisa? — disse, por fim, quebrando o silêncio.

— Preciso que dê uma olhada na lista de convidados. Receio que possa ter esquecido de enviar convite a alguém e isso seria imperdoável! — Estendi o papel para que ele olhasse.

— Pode deixar aqui. Vejo assim que terminar minhas anotações.

Fiquei parada na sua frente, sem saber o que fazer. Não esperava que ele fosse tão frio.

— Deseja mais alguma coisa? — perguntou.

— Desejo meu marido de volta — foi tudo que consegui dizer.

Soltando os papéis na escrivaninha, ele afundou os dedos nos cabelos e desviou o olhar. Sua expressão suavizou quando voltou a me encarar.

— E o que mais deseja, Helena? Acha que sou capaz de te dar realmente o que deseja? Receio que te deva desculpas pelo casamento, por meus planos precipitados de vingança que envolviam você, porque ser o marido que desejas me parece impossível. Assim como você ser a mulher que preciso ao meu lado.

As palavras atingiam meu coração como uma faca afiada. Meus olhos estavam secos por minha incapacidade e orgulho para chorar, mas por dentro eu gritava.

— Já trabalhou com jardinagem? — a pergunta inesperada surgiu da minha boca.

— Nunca tive interesse e nem tempo para tais afazeres.

— Eu adoro a natureza e, mesmo com minhas poucas habilidades palpáveis, muitas vezes ajudei a cuidar de algumas plantas no jardim de casa, quando era mais jovem — disse a ele.

Gostaria de contar que o fazia para fugir do medo quando sabia que levaria uma surra do meu pai pela noite. As plantas me acalmavam e me faziam companhia. Não era o momento para tal divagação. Respirei fundo e continuei:

— Quando você planta uma flor, ela precisa de cuidados, principalmente quando foi recém-plantada, ou não vai brotar na terra e morrer em consequência. Se você estiver trabalhando com algum jardineiro, precisam estar de acordo. Se um regou pela manhã, o outro não pode regar à tarde. Se um esqueceu de molhar a terra, o outro deve fazê-lo. É uma sintonia. Todos que cuidam da planta precisam entrar em acordo. Não se pode jogar adubo e depois lavar a terra. Não podem querer os dois regar ou os dois abandoná-la. Compreende?

Ele assentiu, em silêncio, me encarando.

— Nosso casamento é como uma planta nova. Precisa de cuidados e não podemos os dois trabalhar para envenená-lo. Um precisa regar em um dia e o outro, no outro. Não se precisa ter sempre a última palavra. Se há amor, tem que existir o perdão, a renegação de suas vontades...

Aquelas palavras tinham efeito em mim, principalmente. Meu orgulho me dilacerava por dentro, mas o amor que sentia por ele me fazia querer mudar.

— Um casamento vai muito além, Helena, das suas ideias românticas. — Ele se levantou, caminhando em minha direção, até que estivéssemos olho no olho, e pegou na minha cintura. — Mas creio que talvez esteja sendo um tolo por acreditar nos seus sonhos, porque a amo. Se você diz que podemos nos acertar, se existe a menor chance de um futuro feliz com você, eu me rendo a ele, porque um dia sem você foi o mais insuportável dos tormentos.

Ele levantou a mão e a colocou no meu rosto. Aninhei-o entre seus dedos, sentindo tanta falta do seu toque que meu coração deu um salto no peito.

— Amo-te muito mais do que almejei nos meus contos de fadas... — sussurrei.

George abriu um sorriso, que logo se desfez para que seus lábios se encontrassem com os meus. Ergui meus pés para ficarmos na mesma altura e passei meus braços por seu pescoço, aproveitando tudo daquele beijo para matar a saudade.

Quando perdemos o fôlego, ele me abraçou, me conduzindo ao lugar mais seguro que meu coração poderia encontrar abrigo. Não existia nada que eu temesse quando ele me abraçava, a não ser os segundos seguintes quando se afastava.

— Me desculpe... — sussurrei. Sabia das regras, do meu lugar na sociedade e, principalmente, do seu lugar como um duque.

— Quero te dar o mundo, já o prometi e cumprirei. Só aceite que sou seu marido, o duque de Misternham, e isso significa que quando digo que a amo, nada pode modificar e nem se reescrever. E me aceite como seu único membro da família, me perdoando por isso todos os dias.

Assenti, sentindo a dor das suas últimas palavras. Só precisava que meu coração se aquietasse. Precisava de tempo e dele! O resto se encaixaria.

Afastando-se, ele foi em direção à porta do escritório e a fechou.

— Creio que temos assuntos pendentes dos últimos dias... — disse com um sorriso malicioso. — Se vou te dar o mundo, vamos começar pelas estrelas.

E assim nos perdemos. No momento em que mais nos aceitávamos, não tinha orgulho, não tinha títulos, só amor. Até a realidade ser despejada sobre nós, lembrando que, no final, sempre existiria uma barreira, um passado atormentando o futuro.

Capítulo 30

"Algumas memórias não precisam ser desenterradas. Deixo para os fracos as caixas dos sentimentos contendo os resquícios do passado que enterramos e não desejamos trazer à tona."

(Anotações de George, Paris, 1789.)

GEORGE

    Sentado no escritório, olhava para Pietro, que me encarava com uma expressão de horror. Meus planos de casamento para ele e Marcele já tinham sido expostos, e ele me parecia assustado.

    — Pode me dizer qual é o problema do que acabei de dizer? — perguntei sem compreender. Parecia-me a solução perfeita para o que ele precisava, principalmente olhando para o seu rosto com aspecto desagradável após levar um soco de um dos seus credores na noite anterior.

    — Receio que não esteja preparado para a vida conjugal — disparou. Seus olhos estavam carregados de um medo que nunca o vira compartilhar, nem quando estava sob a mira de um revólver. — Sei da minha situação, só não posso, meu caro amigo. Não dá!

    Passei as mãos pelos cabelos, transtornado.

    — Qual o seu problema, Vandik? Não consegue enxergar? Se eu vendesse todas as minhas propriedades, não sei se conseguiria pagar metade da sua dívida, que você acumula como se fossem mulheres. Por Deus, homem, não vai crescer?

Ele deu um murro na mesa, me fazendo perder toda a paciência.

— Você que não compreende. Não posso viver nessa brincadeira que você está. Só de pensar, prefiro a forca. Creio que você enlouqueceu, olhe para você, falando da sua mulher como se ela fosse uma deusa, quando não passam de seres importunos que só servem para dar prazer. Talvez, se você me deixar compartilhar Helena, eu entenda do mal que está sofrendo e...

Voei no pescoço dele, agarrando seu colarinho.

— Se deseja que eu não acabe com o resto que ficou intacto do seu rosto, retire-se desta casa sem falar o nome da minha mulher nenhuma vez mais.

— Me desculpe, George — disse, realmente arrependido —, me perdoe, meu amigo.

Soltei-o, sabendo que passava dos limites quando o assunto era Helena. Pietro sempre fora brincalhão e falar de compartilhar mulheres era sua brincadeira preferida. Costumava gargalhar quando ele dizia isso. Só que os tempos mudaram e, só de imaginar outro homem olhando para minha mulher, meu sangue fervia.

Após soltá-lo, me afastei.

— Não consigo te ajudar se você não se ajudar. O cerco se fechou. Creio que, se não se casar em breve, terá que fugir para outro país. Vou arranjar algum dinheiro para que passe uma temporada como fugitivo, se é isso que deseja! — disse por fim. — Não compreendo bem seus motivos de continuar nesta vida. Não tem mais idade para tais aventuras! — critiquei-o.

Encarando-o, pude perceber bem lá no fundo que, por trás dos olhos brincalhões de sempre e do sorriso malicioso, tinha uma aparência cansada.

— O que há? — perguntei, querendo que desabafasse.

Ele balançou a cabeça.

— Só preciso disso. Um pouco de dinheiro, mais umas centenas de mulheres e depois do baile fugirei. Como a sua festa será um baile de máscaras, não terei problemas em aparecer por aqui. Seria deselegante recusar o convite de sua mulher! — disse, desconversando.

— Deixarei tudo que precisa separado para a noite. Assim que terminar, você foge. Sentirei sua falta.

Ele abriu um sorriso, aquele que sempre aqueceu meu coração. Era um bom amigo.

— Agora você tem sua lady. Sou só um estorvo. Já está enfeitiçado, Misternham. Nossos dias de glória se foram.

Levantou-se, olhando para todo o cômodo. Sempre fazia isso antes de partir. Como se quisesse guardar na memória cada detalhe do que ficava. Senti meu coração se apertar. Seria perigoso e nem saberia se ele retornaria. Vandik era explosivo, envolvia-se em brigas, duelos, jogos, todo tipo de prostituição, além de desafios e bebidas. Ele se arriscava ao limite da vida para se sentir vivo, e eu sabia que talvez não o visse de novo depois dessa viagem.

— Tem certeza de que um casamento não é uma possibilidade? — perguntei em uma última tentativa.

Ele negou com a cabeça.

— Você é a única pessoa a quem me dei ao luxo de me apegar nos últimos anos, sabendo que, se algo lhe acontecer, estarei morto por dentro, meu amigo — confessou com um desgosto que nunca vira. — Se é que tem algo vivo aqui dentro ainda... — Socou o peito. — Não me permito amar nunca mais. Me deixe ser livre. Pássaros não foram feitos para ficarem presos.

Abriu o sorriso que não vinha de dentro, mas que era sua marca. Saiu, me deixando. Por fim, entendia o que significava o pássaro que vira uma vez desenhado nas suas costas, cravado com tinta permanente, que Pietro contara que fora feito por um grupo de marinheiros em uma das suas viagens.

Aquele tipo de desenho costumava ser feito na pele de criminosos, assassinos ou dos próprios marinheiros, mas Vandik dissera que gostava da forma como se expressavam e pediu que fizessem uma nele também. Agora, aquilo fazia sentido para mim, pois era feito com agulhas que marcavam a pele como, talvez, o tempo tenha o marcado profundamente.

Depois que se foi, me concentrei nos cadernos de registros de contas para ver de onde tiraria o dinheiro para ele. Precisava ser uma quantidade suficiente para mantê-lo em segurança por um bom tempo. Perdi-me nisso pelo resto da tarde, até Helena bater na porta me trazendo chá.

Eram os melhores momentos do meu dia, quando a via. Os últimos dias tinham sido de harmonia. Helena tentava ser a esposa que precisava, mas era visível como se anulava, cada dia mais quieta, contida, para não dizer ou fazer o que não era aceitável.

Por um lado me sentia bem com isso, mas, por outro, me entristecia, porque amava a mulher pela qual me apaixonara, cheia de atitudes, diferente de todas as outras, que não se importava com a sociedade... Mas não poderia voltar atrás na minha palavra. Precisava do seu respeito e agora o tinha.

— Achei que precisava de um descanso. Não tem se alimentado direito e anda trabalhando demasiadamente — disse, colocando a bandeja em cima da minha escrivaninha.

Ignorei as comidas e a puxei para o meu colo.

— Estou necessitado de outras coisas... — Beijei seus lábios macios. Ela sempre cheirava tão bem!

— George — ela me empurrou, sorrindo —, a porta está aberta. Qualquer um pode chegar! — me censurou.

— Não me importo. Você é minha mulher e sou dono desta casa.

— Te amo... — ela disse sorrindo.

— Te amo também. Deixe-me ver o que trouxe aqui... — Espiei a bandeja que estava cheia de biscoitos, bolos e uma xícara de chá.

— Faltando dois dias para o baile, se não se alimentar de acordo, não poderá dançar três valsas escandalosamente com sua duquesa — me tentou maliciosamente. — Mas creio que isso não seria correto e que não vamos dançar no baile. Dessa vez vou seguir todos os protocolos sociais e serei a dama perfeita que um duque precisa! — completou, piscando um olho.

— E onde fica a vingança contra minha mãe? — disse, tentando-a.

Ela gargalhou, fazendo com que meu sangue fervesse de desejo.

— Creio que só minha presença nessa residência todos os dias seja um castigo para a eternidade daquela mulher. Já viu como me olha durante o jantar? Não sei como não fui envenenada ainda... — disse, satisfeita consigo mesma.

— Quero que sempre seja o meu escândalo, vida minha, desde que compreenda as minhas ordens, entende a diferença? — disse, beijando seu pescoço.

Ela assentiu, mas pude ver a mágoa dentro do seu olhar. Ela não compreendia. Enganei-me dizendo a mim mesmo que, com o tempo, ela aceitaria. Era assim que todo casamento funcionava, não era? Mas existiam na história mulheres como Helena? Pensava nos meus amigos, nos conhecidos, e sempre me lembrava de damas submissas. Por Deus, ela era única.

Sem querer pensar nisso, abracei-a, apertando seu corpo contra o meu, porque a amava demais para abrir mão de tudo que sentia por meu orgulho. E a amava demais para ver a expressão de tristeza que se formava em seu rosto toda vez que a fazia sofrer, como instantes atrás, quando a coloquei em uma posição inferior.

Então minha consciência lembrava de minha irmã e me mostrava como eu era parecido com meu pai, como a sociedade me moldara exatamente naquilo que odiava, em torno de um título que desprezava; enquanto isso, meu coração alertava que, se continuasse nessa linha de pensamento, em breve estaria dando filhos à Helena, porque homens fracos se submetem ao coração, e esta é uma terra que as mulheres habitam.

De repente, tudo se rompeu. Eu nem sabia mais quem era e o que desejava ser. Passei anos da vida com um propósito, buscando por algo baseado na vingança por Susan. E Helena chegou bagunçando tudo, me fazendo esquecer os meus propósitos, o meu orgulho, me fazendo esquecer de Susan.

Abraçando-a com tanta força ali, no escritório, pude perceber que daria a vida por essa mulher e, se ela me pedisse nesse momento, eu lhe daria todos os filhos que quisesse, só para vê-la feliz. O pensamento me trouxe tanto medo que a afastei.

Ela me olhou assustada.

— Me desculpe... — disse, perplexo. — Lembrei-me que Pietro esqueceu um documento muito importante aqui! — Peguei alguns papéis sem importância dentro da gaveta, tentando me recompor.

Parei na porta do escritório e olhei para ela, que tinha uma expressão desolada, sabendo que eu iria para a cidade e não voltaria nessa noite.

Estava sobressaltado porque, olhando para Helena nesse momento, desejava correr para os seus braços e me manter aconchegado dentro de casa. Ela tinha me feito esquecer da vingança, do ódio e me tornara um homem que não desejava ser. Um homem que eu odiava.

A única forma de acabar com isso era fazer com que ela me odiasse também. Então, fechei a porta, quebrando seu coração e me tornando o que tinha que para ser. O homem frio, o nobre vingativo, o duque de Misternham.

Não juntei nenhuma roupa. Entrei dentro da carruagem e parti para a casa de Pietro, o único lugar em que poderia encontrar abrigo sem cometer nenhuma loucura.

Quando encostei em frente à sua casa e entrei sem ser anunciado, ele me olhou assustado, já que tínhamos nos encontrado havia pouco tempo.

— Aconteceu alguma coisa? — perguntou sem compreender.

— Preciso de abrigo por uma noite ou duas, talvez! — pedi.

— Sabe que não tenho luxos como em sua casa e meus criados já se foram por falta de pagamentos, mas sempre será bem-vindo em meu lar — disse com os braços abertos. — Pode me dizer ao menos o que aconteceu nesse breve período de tempo? Horas atrás quase me esganou por imaginar que desejava sua mulher e agora a abandona.

Balancei a cabeça, sem saber o que dizer. Estava assustado, perdido.

— Ele sempre estará aqui. Quando o enterrei, achei que tinha partido, mas não. — disse com ódio, apertando a palma da mão com tanta força que cravei as unhas a ponto de sentir dor. — Ele sempre estará em todos os lugares, me lembrando de como sou parecido com ele, de como seu sangue corre em minhas veias, como seu título se perpetua, por mais que o ignore e tente destruí-lo.

Mordi os lábios e, quando percebi, pude sentir o gosto do sangue na minha boca. Fechei os olhos, me lembrando do que o medo fez questão que minha memória apagasse. Eu não queria lembrar, por Deus, não queria, mas minha mente estava voltando àquilo e, para me castigar por amar Helena, me punia.

Senti as gotas de suor se acumulando na minha testa. Escutei Pietro me chamando ao longe, mas não podia voltar mais. Já era tarde. Abracei meu corpo e me entreguei às lembranças do dia em que Susan foi arrastada para fora de casa. Corri até o quarto do meu pai e, desesperado, mesmo sendo uma criança, o soquei, chorando, sabendo que ele estava sendo injusto.

Naquele dia, ele me disse que me mostraria como ser um homem de respeito, que nunca mais choraria como uma menina. Naquele dia, meu pai me surrou até que seu fôlego faltou e gotas de sangue escorreram dos seus dedos. Depois, cuspiu no meu rosto me acusando de ser fraco e covarde, mesmo eu sendo só uma criança e não sabendo por quais erros estava pagando e, antes de me largar desfalecido, disse que esperava, sim, que sua linhagem se perpetuasse em mim, mas que tivesse mais sorte.

Deixei escapar um grito. Revivi a dor, a vergonha e o medo que senti naquela ocasião.

O duque continuava vivo em minha mente. Estava presente no meu corpo, como se ainda cuspisse em mim todos os dias, me olhando com seu sorriso perverso e me acusando.

— George, você está me assustando... — Pietro me chamava de volta.

Eram memórias que nunca tinha compartilhado com ninguém, que me castigavam como uma doença. Eu era só uma criança indefesa e Susan estava morta. Senti as lágrimas arderem nos olhos. Me recusei a chorar. Ele não merecia minhas lágrimas. Imaginei que ele gargalharia e me chamaria de covarde.

Sem saber o que fazer, me sentindo aquele garoto assustado novamente, olhei para Pietro, que não dizia mais nada e parecia compreender que algo de terrível me atormentava.

— Estou morto por dentro sem ela... — disse por fim. — Ele a tirou de mim também. Ele sempre estará entre nós, como uma doença.

Meu pai tinha conseguido levar Helena também. Mesmo morto, ele arrancara minha mulher de mim, como fez com Susan. Nunca seria um marido digno para Helena. Nunca daria os filhos que ela sonhava. O ódio sempre me consumiria e ele sempre estaria entre mim e ela.

Abaixei no chão, agarrei meus pés e ali fiquei, sem rumo, porque a vida pode ser cruel uma centena de vezes, mas nada disso tem importância até você perder um grande amor.

Capítulo 31

"O perdão é um gesto nobre, mas não se deve confundir perdão com amor. E nem amor com tolice."
(Diário de Helena, Londres, 1800.)

HELENA

A vida é uma caixa cheia de lembranças que fazem de você um ser humano. Se as lembranças são boas, você se transforma em uma caixa de sorrisos. Se ruins, depende de como você vai abrir essa caixa: se com amargura ou com vontade de aprender.

Olhando para a porta do escritório, com o coração despedaçado mais uma vez, poderia me afundar em lágrimas, em amargura, e me transformar na vítima de uma história que insistia em dizer que as minhas lembranças não poderiam ter finais felizes. No entanto, uma lição que ouvia em todas as minhas batalhas é que soldados amargurados se trancam em memórias de guerras e nunca vencem as barreiras do passado. Não seria a mulher frustrada que se debruçaria na cama e choraria por dias e, dessa vez, não seria a dama perfeita que imploraria pelo amor de George.

Amor tinha limites e a dor também.

Fiquei por horas ali me recompondo, porque doía muito e não me permitiria chorar. Quando senti que conseguia respirar sem dificuldades, me levantei, deixando para trás aquele lugar que me trazia lembranças dele, seu cheiro, seu toque e seu abandono.

Ele não voltaria aquela noite. Vi no seu olhar um pedido de desculpas silencioso. Por mais que me amasse, tinha muitas coisas entre nós dois que nunca seriam superadas.

Decidi, assim que fechei aquela porta, que concluiria o que tinha me proposto desde o início: teria um filho de George. Não era mais por vingança. Eu só queria ter alguém para amar, uma família, e seria mais fácil ser enviada para bem longe dali por um motivo que justificasse seu ódio do que por sua incapacidade de me amar.

Lembrei-me de uma instrução de Nataly: *As mulheres são a perdição de um homem e, se você combinar com bebidas, terá o que desejar.*

Nataly não estaria ali para me ver colocar em prática todos os ensinamentos que aprendi com ela, já que enviou uma carta desculpando-se por não poder comparecer ao baile. Não informou os motivos, apenas se desculpou. Por mais que tivéssemos as máscaras para nos escondermos, creio que aquele não era o seu mundo.

O baile seria a noite perfeita para os meus planos. Uma noite em que o seduziria e o embebedaria. Meus pensamentos foram interrompidos por uma criada. Levei um susto quando ela apareceu na minha frente.

— Me desculpe, Vossa Graça. Senhorita Marshala está à sua espera na sala de visitas. Disse que é urgente.

Estranhei sua repentina visita. Já havia feito todas as provas do vestido do baile e só estava esperando a entrega. Será que algo dera errado?

Rapidamente caminhei até ela. Tranquilizei-me ao ver que Marshala tinha uma aparência feliz e não parecia alguém desesperada que não conseguiria entregar uma encomenda.

— Olá, Marshala. Em que posso ser útil?

— Desculpe-me chegar de surpresa, mas tenho assuntos que creio serem do seu interesse.

Fiz sinal para que se sentasse. Acomodamo-nos no sofá. Ela parecia hesitante.

— Algum problema com minha encomenda?

— Oh, não... de forma alguma. Creio ser o vestido mais lindo que já confeccionei em toda a minha vida. — disse orgulhosa. — A questão é exatamente essa. Comentei com algumas senhoras da sua habilidade com criações e tenho vários pedidos para que você faça desenhos para as mulheres mais elegantes de Londres.

Fiz menção de me impor. Ela estendeu a mão.

— Olhe, não leve como uma ofensa, sei que não precisa de dinheiro. No entanto, mulheres não medem esforços para se sentirem lindas, tanto é que estão oferecendo verdadeiras fortunas por suas criações. Seria uma parceria perfeita. Ando com problemas financeiros na loja e esta seria a solução. Atrairia novos clientes.

— Creio que não seja adequado a mulher de um duque trabalhar — foi meu primeiro pensamento. Se George descobrisse, se sentiria desonrado e não me perdoaria.

— Eu compreendo perfeitamente. Por isso lhe daria um nome falso. Ninguém saberá que é você; será um segredo.

Minha cabeça pensava em tudo. Seria uma afronta sem perdão a George. No entanto, parecia a oportunidade de ser uma mulher que não dependia do marido para comprar todas as suas coisas. Se algo não desse certo no nosso casamento, seria uma possibilidade de me manter em segurança sem precisar ser sustentada por ele, sem me sujeitar a ser abandonada em alguma casa de campo, esquecida pelo mundo.

Pensei que aquilo era impróprio de tal forma que eu seria considerada uma vergonha perante a sociedade. Mas estava na hora de parar de me preocupar com convenções.

— Quantas encomendas já temos? — perguntei por curiosidade.

— Com minhas indicações, tenho dez vestidos encomendados. Isso se tornará algo muito maior quando os modelos ficarem conhecidos. Vou precisar contratar ajudantes! — disse extasiada. — Seremos sócias de um negócio lucrativo.

Pensei por alguns minutos. Ela me olhava em silêncio.

— Vamos tentar... — disse por fim. — Mantenha isso em segredo. Você vai me mandar por cartas as informações das clientes, o que desejam, seus gostos... E lhe envio de volta o desenho. Dessa forma, não corremos o risco de desconfiança. Alguém poderia estranhar sua visita constante a esta casa. Uma vez por semana vou até sua loja com a desculpa de ver novos vestidos e recebo meu pagamento.

Ela sorriu, parecendo deliciosamente satisfeita.

— Temos um acordo. Aqui está — ela me estendeu alguns papéis

—, são os pedidos que já temos.

Peguei os papéis sabendo no fundo que, se George descobrisse, nunca me perdoaria. Considerei, então, que não haveria perdão algum para se buscar quando tudo estivesse terminado.

— Só uma pergunta — indaguei quando ela se levantava para ir embora. — Que nome devo assinar nas criações?

— Lady Ludmila.

— Posso saber o porquê da escolha do nome? — perguntei, curiosa.

— O significado do nome Ludmila: aquela que é amada pelo povo, e assim você será em breve entre as mulheres. Gosto de história e pesquisei nos livros. Existiu uma na Boêmia, no século X, conhecida por Santa Ludmila. Era uma princesa.

— Conheço a história, mas Santa Ludmila era conhecida por ajudar os pobres, o que não será o caso! — ironizei.

— Ajudaremos os ricos. Mas não estamos mais no século X, não é? — disse, achando graça.

— Sim. Só espero não ter o mesmo fim, já que a princesa foi enforcada.

Seus olhos se abriram em horror e, por fim, ela sorriu.

— Não. Estamos entrando em outra era. Não se enforcam mulheres em Londres.

Talvez não em praça pública, mas éramos todos os dias sufocadas em lento processo posto que, submissas aos homens, nossas vontades e escolhas não tinham importância alguma.

— Já vou indo.

Ela se despediu, me deixando com os pensamentos amargos sobre a condição das mulheres nesse mundo que considerava injusto, em que só podemos falar de bordados, eventos sociais e outras futilidades. Nunca pudemos nos impor aos maridos, ou trabalhar, muito menos nos dedicarmos a uma simples leitura mais conteudista, necessitando sempre sermos puras e submissas.

E George ainda me privara da única coisa que a sociedade considerava justa para as mulheres: a maternidade.

Mas o que me impedia de ser diferente? Minhas mãos não estavam amarradas, as ideias corriam soltas, e meu coração já não tinha ilusões para amores românticos. Com esses pensamentos, fui até meu quarto, olhando para todos os papéis, cada anotação, e a cabeça produzindo muitas coisas.

Precisei pegar alguns papéis em branco e tintas no escritório de George, dos quais esperava que ele não desse falta. Quando fosse à cidade, precisaria comprar matéria-prima para o trabalho.

Os dois dias passaram rápido e todos os vestidos já estavam desenhados. Isso fez com que os pensamentos se desviassem de George, que, como esperado, não apareceu em casa e, ao que tudo indicava, chegaria só à noite para a festa.

Por mais que me enganasse, o coração doía e o aperto no peito mostrava que a ausência do meu marido era doença para a qual não conhecia remédio.

A casa estava barulhenta, tudo sendo arrumado. O salão de baile tinha criados se atropelando para que tudo ficasse perfeito, o que sabia muito bem que não aconteceria. Afinal, eu era Helena, e detalhes não eram meu ponto forte — escândalos, sim.

Para relaxar, entrei na banheira e fiquei afundada em ervas cuidadosamente preparadas por minha criada, que ajudou a me vestir e pentear.

O resultado, pela sua cara de espanto, parecia ter se superado.

O vestido era de cor azul-turquesa, confeccionado em seda, sem corte na cintura. O espartilho fora ajustado perfeitamente ao corpo e, o decote quadrado aos seios, deixando-os suficientemente à mostra para enlouquecer um homem. As mangas longas não eram as espalhafatosas de sempre — algo que considerava em muitos vestidos um exagero que quase cobriam o rosto das mulheres —, eram justas e delicadas, a não ser no punho, onde várias camadas de seda faziam pequenas dobras. O corpo do vestido era todo pregueado em ziguezague até a cintura. Atrás, fitas de veludo haviam sido presas no mesmo formato, fazendo um emaranhado de fios que contrastavam com o azul do fundo. Para completar, a saia, feita em várias camadas de tecido para farfalhar quando me movesse, era enfeitada com os desenhos do próprio tecido. A sobrecapa que o compunha era de um tom um pouco mais escuro e confeccionada em um veludo liso que formava pregas em toda sua extensão, terminando nas laterais do vestido, e lembrava pequenas flores.

Precisei reconhecer que a união do meu desenho com o trabalho impecável de Marshala criou uma obra-prima que, com toda certeza, seria o deslumbre de grande maioria dos convidados.

Sorri, pensando que esta deveria ser a minha grande noite; consciente, porém, de que a felicidade tinha um gosto amargo sem ele.

Soube que ele já tinha chegado, pois ouvira barulhos no seu quarto. Sem dizer nem um oi, um pedido de desculpas, ou sequer vir ao meu quarto olhar em meus olhos e, mesmo silencioso como sempre, me pedir perdão.

Saí do quarto temendo meu coração. Quando o via, era como se tudo se dissolvesse, inclusive minhas memórias. Só existia um grito de socorro interno, buscando por meu ar que vinha dele.

Senti um frio na barriga e, então, escutei um barulho. A porta do quarto dele se abriu. Mesmo de costas, podia sentir seu olhar sobre mim e nossa respiração ficando irregular. Respirei fundo e me virei.

Perfeito em um traje escuro, com uma casaca com a gola elegantemente arrumada, estava lindo. Sempre estava. O ar faltou quando ele me encarou com os olhos brilhando.

— Está perfeita — murmurou sem ar, abrindo um sorriso discreto. — A mulher mais bela que meus olhos já contemplaram.

Seu elogio parecia sincero. E era como se dissesse para si mesmo. O sorriso se desfez e o olhar de tristeza de sempre apareceu, me sugerindo que ele considerava que tinha acabado. Era um olhar de despedida, com desculpas incluídas nele.

Assenti, sem dizer uma palavra. Temia que minha voz denunciasse minha amargura.

Dei as costas a ele, me preparando para descer as escadas.

— Espere! — disse, me chamando de volta. — Vamos deixar que esta noite seja como planejado? Venha comigo. Seja minha esposa escandalosa!

Senti ódio por sua proposta. Era como se meus sentimentos não importassem e eu fosse um fantoche que ele usava e, quando culpado, abandonava em um canto. Mas tendo em vista meus planos, me pareceu a oportunidade perfeita.

Sabendo que teria que seduzi-lo essa noite, me aproximei, ficando próxima ao seu corpo e fiz uma reverência.

— Como quiser, Vossa Graça. Esta noite estou a seu dispor! —

disse com ironia nas palavras, sorrindo. — Como sempre— completei.

Ele sorriu em retribuição.

— Vamos descer então, milady! — disse, estendendo o braço. — Creio que tenho a mulher mais bem vestida de toda a Inglaterra ao meu lado.

Antes de aceitar seu braço, coloquei a mão no seu ombro e me aproximei da sua orelha.

— Desejo ser para meu marido a mulher mais linda da Inglaterra quando estiver sem todo este aparato.

Senti que seu corpo se retesou e sorri, deixando um beijo em seu rosto.

Eu poderia ser amável, tentaria ser a mulher que ele desejou nos últimos dias, aprenderia regras de etiqueta, de bom comportamento, e até me anularia por esse casamento. George sabia disso e, mesmo assim, me desprezava. Mas ele sabia também o quanto eu poderia ser vingativa. Ele só não imaginava até onde iria uma mulher que teve seu coração despedaçado. Poderia ser muito mais que vingativa. Desejava ser cruel nesse momento.

188 **Paula Toyneti Benalia**

Capítulo 32

"A beleza sempre foi a arma de destruição dos homens. Adorava estudar desde a beleza das deusas na mitologia grega até a das imperatrizes. Conhecer a fundo seus inimigos deixa o homem forte e imune nas batalhas."

(Anotações de George, Londres, 1800.)

GEORGE

O jantar tinha sido razoavelmente tranquilo. Exceto por alguns detalhes que ela esquecera, ou talvez não soubesse, como ter colocado homens sentados próximos das amantes, ter servido comidas impróprias para a ocasião e a ausência de alguns talheres na mesa. Coisas que, na verdade, eram sua marca. Mas as pessoas pareciam estar se divertindo quando a orquestra começou a tocar e os primeiros casais foram dançar.

Minha mente não parava de ir até o escritório, onde deixei preparado todo o dinheiro para a fuga de Pietro, além de uma carta com recomendações para os criados e a governanta de uma das minhas casas de campo, explicando como desejava que minha mulher fosse recebida. Percebi que quanto mais a tivesse por perto, mais a magoaria. Não poderia me perdoar por isso.

Mas meu coração me dizia que estava errado. A garantia de que só seria feliz ao lado dela me arrebentava por dentro. E ali estava ela, linda, perfeita, como nunca vira. Helena refletia luz, como o sol quando o dia amanhecia, e iluminava toda a minha existência. Seu brilho me atingia de tal forma que ela ameaçava clarear o meu passado e eu não conseguia aceitar — por Susan, não poderia.

— Me concederia uma dança? — perguntei, me aproximando por trás, enquanto ela distraidamente olhava para os convidados.

Ela se virou com um sorriso enorme por trás da máscara cheia de brilhos que usava, mas vi a dor nos seus olhos. Me odiei, como me odiei. Precisava deixá-la partir. Meu egoísmo me lembrava que era a última noite ao seu lado; precisava de tudo dela, depois a deixaria.

— Devo abrir uma exceção, afinal, creio não termos tido escândalos o suficiente esta noite. E Vossa Graça está de máscara, não deve chamar atenção.

Estendi a mão, que ela pegou com a mão coberta por uma luva suave de seda. Quando a música começou, puxei seu corpo para perto do meu, passando as mãos por trás do seu pescoço e aninhando sua cabeça no meu ombro. Respirei fundo, gravando seu cheiro em minha mente.

A valsa lenta me fez fechar os olhos. E me fez retornar aos últimos dias que passei ao seu lado; seus sorrisos, suas palavras afiadas, suas provocações, tudo veio à minha mente, como uma peça de teatro com um último ato do qual não desejava participar.

— Não vi seus pais e nem sua irmã... — comentei, precisando desesperadamente mudar o foco dos meus pensamentos.

— Não compareceram. Minha mãe enviou uma carta dizendo que não sou boa influência para minha irmã e que envergonho a família. Pediu com muita gentileza que não misture mais meu nome ao da família dela. Ao que tudo indica, sou renegada agora. Ou sempre fui na verdade, não é? — indagou mais a si mesma do que a mim. — Não se aceitam diferenças, comportamentos distintos ou algo que não encaixe no manual da sociedade perfeita. Imagino que, em outros tempos, eu já teria sido morta logo que nasci, já que minhas atitudes constituem uma afronta à sociedade. Não há espaço para Helena em Londres. Não há espaço para Helena em lugar algum.

As palavras cruéis entravam como facas no meu coração. Olhava para ela e enxergava tanto de Susan. Mesmo pequeno, já conseguia compreender sua insatisfação com um mundo que não a aceitava como era.

E essa mesma semelhança nos separava, me fazendo lembrar todos os dias de alguém que não poderia ser.

O mundo me tornava um homem amargo, cheio de rancores, e que não conseguia ver um futuro sem marcas do passado. Soltei uma das mãos que segurava suas costas e passei no seu rosto, querendo gritar para todo mundo ali como ela era linda e perfeita da forma que era; que nunca conhecera uma mulher que merecesse mais amor e que fosse tão digna de respeito.

Lembrei das suas cicatrizes e sangrei por dentro sabendo que deixaria uma no seu coração.

— Em uma das minhas viagens a Roma, certa vez, tive a oportunidade de conhecer as pinturas e estudar muito sobre mitologia greco-romana. Lembro que, uma vez, fiquei encantado com a história da deusa Hemera. Conhece sua história?

Ela negou com a cabeça. Parecia incapaz de respirar enquanto meus dedos acariciavam seu rosto. Como sempre, éramos nós dois dançando como se o mundo não existisse.

— Hemera foi a primeira deusa representar o sol. Filha da deusa da noite, Nix, e do deus da escuridão, Ébero, ela chegou como a personificação da manhã, trouxe luz...

As palavras se perderam em meus pensamentos. Quando escutei falar de Hemera pela primeira vez, pensei se algum dia teria uma deusa que me apresentaria a luz — e ali estava Helena, irradiando luz por onde passava.

— Hemera — continuei — era a guardiã entre as fronteiras dos mundos das sombras e da luz. Fiquei imaginando como foi o dia em que ela apareceu, enquanto o historiador contava para todo o grupo aquele mito incrível. Imagine só escuridão, e aí alguém te apresenta a luz. — Abri um largo sorriso, me aproximei do seu ouvido e sussurrei: — Mas minha imaginação foi suprimida por você. Eu soube exatamente o que eles sentiram, porque você, lady Helena, duquesa de Misternham, foi o sol que chegou nas minhas noites mais sombrias.

Uma lágrima se derramou por baixo da sua máscara. Colhi-a com os dedos. Nada mais foi dito. Tínhamos um amor que feria e isso era tudo. Amor não foi feito para machucar. Eu deveria fazê-la sorrir nesse momento, mas ela estava chorando, chorando, Deus!

Dançamos outra valsa pela incapacidade de nos separarmos. Era como se ela soubesse que era uma despedida. Helena sentia as coisas.

Quando a música terminou e precisei deixá-la dançar com outros homens, fui até o canto do salão pegar uma bebida forte, que bebi como água. Na sequência, virei outra. Até os criados pareciam sentir minha angústia e me perseguiam com bebidas em suas bandejas.

— Vai deixá-la, não é? — Pietro chegou sem que eu percebesse. — Você a ama e vai deixá-la?

Assenti. Ele me conhecia tão bem. Não tinha por que mentir.

Estendi a mão quando ele ameaçou falar. Não queria discursos sobre passado, meu pai...

Vandik assentiu em compreensão.

— Seu dinheiro já está pronto no escritório. Quando quiser partir, me procure.

— Não vou partir essa semana — disse, me surpreendendo —, vou precisar do dinheiro, sim, como um empréstimo, só não vou partir esses dias. Precisa de mim, George.

Sorri com amargura.

— Você está maluco. Não faz ideia do que preciso.

— Sei exatamente do que precisa e como vai ter. Vamos sair, beber, jogar cartas, fazer apostas malucas e terminar na cama com muitas mulheres. Não vou deixar você na mão agora.

Bebidas, mulheres, cartas, sua forma de me consolar. Esse era o ombro amigo de Pietro. Se ele soubesse como isso não resolveria nada!

— Se você diz... — eu disse, sem paciência para discutir. — Não é mais criança e sabe se cuidar.

Bati no seu ombro, virando outro copo de bebida. Senti que já estava um pouco alterado.

— Vou voltar para minha mulher. Preciso de uma última noite.

Abandonando seu olhar de crucificação, fui atrás de Helena, me deparando com Marcele pelo caminho.

— Onde vai com tanta pressa, George? — Ela colocou seu corpo na minha frente, impedindo minha passagem. — Me deve uma dança.

— Não devo nada a você, Marcele, a questão é o contrário. Você precisa me deixar em paz. Já não sou o título que precisava, convenhamos.

Ela sorriu. Era maliciosa.

— Não é. Isso não quer dizer que não podemos nos divertir como tempos atrás.

Suas mãos pousaram no meu peito, jogando os seios em minha direção. Ela me enojava.

— Me deixe em paz e saia dessa casa pela manhã — disse, retirando suas mãos. Aproveitei que estava alterado pela bebida e fiz o que deveria ter feito desde o início. — Se não sair, suas malas estarão na rua depois do café.

Procurei Helena por toda a parte. As pessoas já começavam a se despedir para partir. Graças a Deus a festa estava acabando.

Minha mãe tentava ser a perfeita dama de sempre, elegantemente sendo respeitável e adorável com todos, exceto com Helena.

Preocupei-me quando não a encontrei em nenhum lugar.

Decidi ir até seu quarto. Quem sabe ela estava passando mal e eu bebendo sem saber. Um criado passou com uma bandeja e perguntei por ela. Ele não soube responder. Aproveitei para me servir de mais dois copos de bebida que ele servia.

Minha cabeça começou a rodar, já sentindo os efeitos do álcool.

Subi a escada e parei em frente à porta do seu quarto, tentando ouvir alguma coisa. Nada.

Preocupado, bati.

— Helena, está aí? — chamei.

— Só um instante! — ela respondeu, me deixando mais aliviado.

Esperei pacientemente até ouvir sua voz dizendo que poderia entrar.

Quando abri a porta, as velas estavam apagadas, mas pude ver pela claridade do luar que entrava pelas vidraças sua silhueta nua.

A minha deusa Hemera estava na minha escuridão, brilhando sem roupa.

Senti o fogo que sempre se acendia dentro de mim. Minha respiração falhou e fiquei parado, olhando perdidamente para ela, só me perguntando como viveria sem aquilo.

Dei alguns passos, o suficiente para fechar a porta, e a tranquei.

— É isso que quer? — perguntei, me sentindo um idiota. Helena sabia que não teria mais de mim. Sabia que estávamos ruindo.

— Não vem ao caso o que quero. No momento, preciso pensar no que desejo — respondeu com a respiração entrecortada, me desafiando.

— E o que deseja? — perguntei, entrando no seu jogo.
— Que esta noite esteja ao meu dispor...

Sempre! Ela sempre me desafiava. Pensei, derrotado, que já estava ao seu dispor desde o momento em que entrou nessa casa. Poderia até tentar discutir se estivesse sóbrio e convencê-la de que, mesmo estando aos seus pés, ela me devia submissão. Mas minha cabeça girava e não creio que tivesse capacidade para isso agora. Decidi me render aos seus encantos e ao que meu corpo tanto desejava.

— Sou todo seu esta noite... — respondi, com voz rouca de desejo, andando ao seu encontro.

Antes que pudesse tocá-la, ela estendeu os braços e, com agilidade, começou a me despir, prolongando a minha espera.

O barulho da festa se findando já ficava para trás e nossa respiração ofegante preenchia o silêncio.

Quando a última peça de roupa caiu, seus lábios me tocaram e, sim, a escuridão foi embora e a luz chegou ao meu ser com tanta força que me inebriou mais que a bebida. Peguei-a nos braços e a coloquei na cama. Ela se afastou, me empurrando.

— Não. Hoje você está ao meu dispor.

Com maestria, ela se colocou por cima do meu corpo. E me entreguei, porque queria tudo dela nessa noite, porque nada mais importava, porque sua luz me cegava e, sim, porque a amava.

Capítulo 33

"Nunca temi a solidão, pois sempre sonhei com uma grande família. Onde tivesse amor, a solidão não tinha espaço. Era a ordem natural da vida..."
(Diário de Helena, Londres, 1799)

HELENA

Suas mãos me tocavam, me queimando de desejo, e reduziam meu coração a pó, porque sabia que era uma despedida.

Eu só precisava cumprir o meu intuito. Precisava engravidar nessa noite. Então, por que estava com medo? Por que olhava para ele na cama com tanta ternura, sabendo que, mesmo embriagado, ele me amava com amor e doçura?

Fechei os olhos, me entregando a todas as sensações, me entregando ao sentimento que me levava à beira do abismo, sabendo que, dessa vez, sua mão não estaria lá para me puxar para cima. Seria uma descida ao inferno depois que terminasse.

E foi por isso que, quando consegui fazer com que ele não se desfizesse das suas sementes na cama e fechasse os olhos dizendo que me amava, lágrimas rolaram com abundância do meu rosto, pingando em nossos corpos suados. George já dormia nesse instante, enquanto meu coração se desmanchava em lágrimas.

Doía tanto, muito mais que todas as surras da minha vida, muito mais que ser desprezada por uma vida pela minha família. Era uma dor que não tinha comparação.

Deitei ao seu lado e adormeci, ouvindo meus próprios soluços.

Quando o dia amanheceu, estava sozinha. Me agarrei ao seu cheiro, que ficara nos lençóis, sabendo que nunca mais o teria.

Coloquei a mão sobre a barriga e pedi a Deus que tivesse um pedacinho dele ali.

A porta de comunicação com seu quarto abriu, me assustando.

Parado na porta, ele me observou por longos minutos em silêncio. Seu olhar era triste e perdido. Então soube que George sabia das minhas intenções na noite anterior e me arrependi da traição. Sabia desde o início que não teria perdão para esse pecado.

Engolindo em seco, parecia que procurava palavras para dizer. Desviei o olhar, envergonhada.

— Sabia o que estava fazendo na noite passada? — perguntou quando o silêncio ficou insuportável.

Assenti, lágrimas não derramadas formando um bolo no meu coração e estômago. Ele balançou a cabeça várias vezes, como se precisasse de um tempo para assimilar o que escutava.

Quando me olhou novamente, além da tristeza e da dor, tinha raiva.

— Não me venha com recriminação. Nós dois sabemos que iria me deixar esta manhã de qualquer forma... — me defendi.

— Deixaria porque a amo absurdamente a ponto de desistir do meu ar para não magoá-la ainda mais. Deixaria para não ver seu olhar de tristeza toda vez que os fantasmas do meu passado atropelassem nossa vida, me fazendo desejar morrer por ter transformado você em minha mulher, sabendo que merecia o mundo mais perfeito aos seus pés. — Ele parou e respirou fundo. — Agora estou lhe deixando, Helena, porque sinto tanto ódio de você que, no momento, ultrapassa o amor que achei ser infinito.

As palavras vieram como um soco no meu rosto. Não choraria, não desta vez.

— Não é só o seu ódio que ultrapassa nosso amor, George. O seu passado, o seu pai, sempre foram maiores que o amor que sentia por mim. Sua raiva, seu desejo de vingança por Susan, sua mãe, sempre estiveram entre nós. Tudo esteve entre nós o tempo inteiro! Sempre!

Ele sorriu com amargura.

— Compreende? — gritei

— Tantas coisas que você não compreende. Susan está morta.

Eu entendia suas palavras, não suas atitudes.

— Por que não podemos ser uma família? Se sou a luz que clareia sua escuridão, como disse ontem, prefere ir para as sombras e deixar minha luz se apagar sozinha? — perguntei, gritando por respostas.

— Você ilumina minha vida, mas o sol não consegue limpar os impuros. O dia amanhece, traz paz, alegria, mas não limpa o que se sujou pela noite. Ele faz exatamente o contrário; ele atenua o lixo. E meu pai sujou todo o passado. Susan está morta, junto com meu pai, mas eu estou aqui todos os dias para me lembrar de que não consigo sequer procurar por minha sobrinha, porque não consigo chorar por mais um morto! O passado se foi, mas estou aqui para me lembrar todos os dias de que sou a perpetuação desse sangue sujo que corre nas minhas veias, que posso ser o reflexo, que posso continuar essa linhagem e não vou me permitir. Nunca!

— Seu passado nunca me importou. Achei que tivesse compreendido isso desde o primeiro minuto que disse que o amava. Você só precisa deixar isso para trás e escolher a mim. Se me amasse de verdade, não titubearia nem por um segundo na sua escolha! — recriminei-o. — Eu tinha deixado o sonho de ser mãe por você.

Por Deus, ele sabia que nada importava. Estava disposta a tudo por ele, tinha deixado meu sonho de princesa, meus sonhos de ter filhos, tudo por ele. Mas olha como estávamos agora! Eu tentando engravidar a qualquer custo para atingi-lo, ou talvez enganando a mim mesma para manter um pedaço de George comigo, já prevendo que tudo teria fim.

— O que desejo fazer pelo amor que sinto por você, não sou capaz. Queria voltar no tempo e nunca a ter tirado de casa. Você não pode pertencer a mim. Meu pai me tocou de todas as formas... — Ele fez uma pausa. Tinha tanta amargura na sua voz que senti vontade de abraçá-lo. Dei um passo para trás, temendo minha reação.

— Não posso olhar para um filho meu sabendo que ele tem o sangue de meu pai, que carrega sua linhagem, a linhagem do homem que matou minha irmã e, principalmente, sabendo que não sou digno do seu amor. Estou marcado na alma e você colocou a maior das barreiras entre nós esta noite. Vou cuidar para que tenha tudo, mas não quero saber nem a resposta se está grávida ou não. E espero que um dia me perdoe.

Ele me encarou, os olhos carregados de lágrimas não derramadas.

Senti-me impotente. Não conseguia aplacar sua dor e muito menos fazê-lo esquecer o passado e almejar um futuro. Meu amor não era suficiente. E, se gerasse um filho, seria eternamente motivo de ódio dele.

As lágrimas que me esforcei tanto para não derramar começaram a cair pelo rosto. Abracei meu próprio corpo para tentar conter os soluços.

George levantou a mão, quase tocando meu rosto, e então se afastou com tanta dor nos olhos que me partiu por dentro.

— Nenhum homem vai amá-la mais do que eu, minha Hemera. Me perdoe.

Foi tudo o que ele disse antes de sair e fechar a portar, me deixando aos prantos, sabendo que tinha perdido a coisa mais importante da minha vida. Deitei na cama, tentando me acalmar, mas a dor veio dilacerante e me entreguei a ela, porque não tinha orgulho, só dor.

Abracei meu corpo e chorei até ficar sem lágrimas e adormecer.

Quando abri os olhos, já tinha escurecido novamente. Passei o dia dormindo e desejava voltar para aquele sono que me fazia esquecer da dor. Lembrei que não tinha sequer me alimentado.

Alguém bateu na porta do quarto. Era uma criada.

— Com licença, duquesa. Vossa Graça pediu para ajudá-la com as malas. A senhorita deve partir pela manhã.

— Pode deixar que não preciso de ajuda.

Precisava dele e, se não o podia ter, começaria uma nova vida sozinha, ao menos pelos próximos nove meses. Assim esperava.

Capítulo 34

"Amor... Uma palavra que desapareceu do meu mundo no dia em que perdi Susan. Nunca existiria na minha vida um dia em que o sol nascesse para o amor novamente. A minha alma era negra como a noite."

(Anotações de George, Londres, 1800.)

GEORGE

O papel que mantivera na mão durante toda a noite, que já tinha relido centenas de vezes, estava com marcas das minhas lágrimas. Era uma carta que escrevi no dia do baile, antes de dançar com Helena e ser seduzido por sua beleza, ou talvez pelo amor que sentia por aquela mulher, minha mulher.

Decidi reler uma vez mais, como se aquele papel me fizesse tê-la de alguma forma, nem que fosse só nas lembranças.

O dia em que te amei...

Houve um silêncio. Sim, um silêncio como se o mundo parasse e se rendesse para receber o nosso amor. Talvez as pessoas não tenham percebido esse momento, mas entre nós foi nítido, foi vívido, e só existíamos eu, você e o silêncio.

Meus ouvidos contemplaram sua risada muito antes dos

meus olhos, e ela ficou gravada na minha mente como o som preferido do meu mundo.

E você me olhou. Não foi um olhar superficial. Ele tocou o meu e chegou até a alma. E eu nem lembrava que tinha uma.

Mesmo sem compreender, esse foi o dia em que te amei pela primeira vez. Meu mundo não fez mais sentido sem o seu, meu sorriso só era completo com sua gargalhada, e meu olhar só enxergava o dia se fosse por intermédio de seus olhos.

Então, eu te toquei. E o mundo parou mais uma vez para receber a sua beleza e, dentre todos os sentimentos que já tinha experimentado na minha existência sem sentido, te tocar foi o mais sublime e foi a partir daí que encontrei sentido em estar vivo.

E nessa hora te amei mais uma vez, sem me dar conta; afinal, as riquezas da vida precisam de tempo para serem descobertas.

Quando achei que não tinha como ser mais perfeito, te beijei, e foi como chegar ao céu e, nesse dia, soube que chegaria ao infinito se precisasse, por você.

Pensei com desgosto que, quando o dia amanhecesse, toda a magia acabaria, porque, sim, jurei que você era uma feiticeira. E o dia amanheceu, silencioso, para receber o seu comando, e você falou, me desafiou, me instigou e usou todas as palavras que nunca imaginei serem possíveis de sair da sua linda boca para me enfeitiçar ainda mais.

E nesse dia também a amei, já prevendo que algo estava errado, porque até a sua ausência consentida era sentida.

Assim foram se passando os dias, cheios de emoções, risos, lágrimas, escândalos. Com você fui capaz de sonhar com o futuro, e vivi intensamente o presente.

E, assim, amei todos esses dias, cada dia mais consciente de que não era mais um e, sim, a junção de nós dois.

Foi assim que descobri que você não era uma feiticeira — você é uma deusa, a deusa da minha luz. E, quando descobri tudo isso, percebi que era incapaz de ser o homem que poderia honrá-la e ser digno do seu amor.

E, no dia em que te amei, me perdi. Não sei respirar sem a sua presença, não sei ver o mundo colorido sem seus olhos, não consigo tocar o céu sem o seu apoio, não ouso sorrir sem a sua resposta....

Você, Helena, é a minha existência.

O mundo vai acordar barulhento pela manhã, sem receber o nosso amor. O céu vai se tornar cinzento e o perfume das flores, imperceptível.

E vou caminhar sem saber para onde, tentando não olhar para trás e pedindo todos os dias que você me perdoe, que sua luz clareie sua caminhada e você seja feliz.

A mim, restou o barulho ou, talvez, o silêncio da solidão.

Duque George de Misternham, Londres, 1801.

Eu a mandaria para uma casa na cidade. O campo me parecia perigoso no momento, principalmente se ela estivesse grávida. Porém, depois de um ano, ela partiria para sempre.

Nos meus planos, não a veria e não me permitiria saber se gerava um filho meu. Não poderia. A ideia era insuportável.

Nada faltaria a ela. Nada, só o meu amor indigno.

Era madrugada ainda e esperava o amanhecer para vê-la partir. Sem esperanças de mais nada. Alguém entrou no escritório. Levantei o olhar e encontrei o de minha mãe.

— Não o vejo trancado neste escritório a noite toda faz muito tempo. Algum problema grave? Dívidas? — perguntou, arqueando a sobrancelha em preocupação.

Claro, ela não estaria ali por preocupação comigo. Era o dinheiro.

Encarei-a por um longo momento, pensando em como já estava cansado de querer me vingar, de tolerar suas afrontas e seu cinismo.

Sentia-me tão velho, com tanta dor nas costas por carregar os pesos do passado. Estava na hora de começar a me desfazer de alguns deles.

— Como pôde conviver com isso? Como pôde ser cúmplice daquele homem? — perguntei, precisando compreender.

Ela abriu um sorriso.

— Seu pai fez o que achou necessário e lhe agradeci pelo homem que se tornou. Tirando essa desfaçatez do seu casamento, você se tornou um homem forte, George. Ele se desfez do que sujava o nome da família e o honrou para seu próprio bem.

Engoli em seco, precisando de tempo para absorver esses absurdos.

— Agradeceu-lhe por expulsar Susan, agradeceu-lhe por ser um covarde que precisava punir seus filhos para se sentir bem? — gritei, dando um murro na mesa sobre a qual tinha os braços apoiados.

— Não agradecemos os meios. Olhamos os resultados. Susan teve o destino que merecia e você se tornou o homem que precisava.

Meus dedos tremiam. Minha vontade era levantar e arrastá-la para fora, assim como tinham feito com Susan. Respirei fundo e me contive.

— Faça suas malas. Não tem mais espaço para você nessa casa. Ainda hoje vou pedir que te levem para uma das minhas casas de campo mais afastada de Londres! — disse, com voz fria.

Desta vez, ela arregalou os olhos e abriu a boca, tentando buscar palavras.

— Sempre achou que poderia fazer o que bem entendesse, não é? Pois bem, realmente me tornei um homem forte o suficiente para fazer o que deveria ter feito há anos. E não pense que vai ter uma vida fácil. Não terá criados ao seu dispor.

— Não pode fazer isso com sua mãe! — disse, com voz trêmula.

— Pague para ver. Se não for por bem, te arrasto daqui como fez com Susan. Não haverá arrependimentos e vai sentir na pele o tamanho do meu ódio por você e por tudo que me faz lembrar.

— É por ela? — perguntou se referindo à Helena.

Levantei da cadeira, negando com a cabeça.

— Pela primeira vez, é por mim. Não tem nada a ver com qualquer outra pessoa.

Sempre teve! Uma vingança por Susan, atos em memória do meu pai por causa dos abusos impensáveis. Dessa vez era por mim. Somente por mim. Peguei a carta que estava em cima da escrivaninha e saí, deixando-a ainda perplexa com o anúncio.

Procurei por meu lacaio, dando todas as instruções sobre a partida de minha mãe e Helena, me certificando também que Marcele tinha partido depois da festa. Ele garantiu que sim. Um problema a menos.

Sentei na sala e fiquei inerte até o dia amanhecer.

Foi assim que ela me encontrou pela manhã, descendo as escadas com uma pequena valise nas mãos, acompanhada do lacaio que carregava suas malas.

Seu olhar era fixo no meu. Helena tinha a aparência cansada, como se não tivesse dormido bem. Os olhos estavam inchados. Ela chorara, pensei com desgosto.

Senti uma vontade imensa de correr até ela e abraçá-la, sentir seu cheiro e beijar seus lábios.

Ela se aproximou e me levantei para me despedir.

— Então é somente isso? Um adeus e até nunca mais? — perguntou, estendendo a mão que estava vazia.

Aquiesci, me sentindo o perfeito idiota que era. Estendi a carta que tinha nas mãos.

— Isso é para você. Abra quando quiser.

Assentindo, ela fechou os olhos e respirou fundo, os olhos marejados de lágrimas.

— Receio que não queira saber notícias minhas ou de qualquer outra coisa — disse, se referindo a um possível filho.

Assenti uma vez mais, incapaz de dizer qualquer outra palavra, porque doía, porque estava tudo errado, porque a amava, porque estava destruindo tudo de bom que existia nas nossas vidas, porque me odiava nesse instante....

— Isto está errado, George! — disse com voz embargada, colhendo uma lágrima silenciosa que escorria do seu belo rosto. — Nós dois merecemos o amor. Mas não posso te obrigar. Não se luta uma guerra sozinho. Você desistiu de mim e não vou perdoá-lo por isso. Nunca irei perdoá-lo por isso.

Foram suas últimas palavras antes de me dar as costas e sair, levando a minha alma, a minha luz e toda a minha vida consigo.

Capítulo 35

"Sempre gostei do inverno. Imaginava essa estação do ano quando estivesse ao lado do meu marido. Parecia algo tão romântico. Chegava a me dar calafrios."
(Diário de Helena, Londres, 1800.)

HELENA

As malas adquiriram um peso bem maior do que representavam. A casa não era grande, mas parecia imensa pela solidão do último mês em que os únicos habitantes éramos eu, os empregados e o silêncio. O inverno chegou sem aviso e mais castigador do que eu acreditava ser.

O tempo... Este parecia cruel e meu inimigo constante, lembrando-me a cada dia que a dor não ia embora, que a saudade de George era infinita, e que minha única esperança, meu filho, poderia escapar a qualquer instante por entre meus dedos. Todos os dias, acordava com a única esperança de estar gerando um filho de George e isso me movia e me fazia continuar.

A carta escrita por ele era a única prova de que o seu amor por mim um dia existiu, que não era uma ilusão minha e, por isso, eu a relia todos os dias enquanto estava naquela morada.

Os desenhos que tinha de fazer para Marshala também me motivavam. Estávamos cheias de projetos. Cada dia mais os boatos da nova modista se espalhavam pela cidade e filas se formavam na porta da pequena loja da comerciante. Eu mudei a assinatura e agora assinava como

"Hemera, sua deusa", uma forma de tentar chamar a atenção de George.

Queria que ele se sentisse traído, como eu me sentia, queria que me procurasse para tirar satisfação, queria vê-lo de alguma forma. Era tola, sabia disso. Eu o amava e isso me tornava tola. O amor é algo que deixa qualquer ser humano desprovido de coerências. Essa era a única explicação para minhas atitudes nos últimos dias.

Quando o outono chegou, com ele veio a certeza de que eu gerava um filho dele e também a certeza de que George não voltaria mais para mim. E, com isso, percebi que estava na hora de finalmente ser uma mulher independente. Os negócios estavam melhores do que nunca e já tinha dinheiro suficiente para me manter sozinha. Não seria uma vida de luxos como tinha agora, porém digna para mim e meu filho.

Marquei um chá com Nataly à tarde; ela me ajudaria, com seus contatos, a alugar uma boa casa em Londres.

Enquanto a aguardava, lia o jornal da manhã e sorria com as fofocas, me deparando com uma pequena nota em que falavam de Hemera. Eram cada vez mais comuns pautas dos meus vestidos nos jornais londrinos.

> Esta coluna já discutiu muitas e muitas vezes sobre os vestidos que andam caindo no gosto de nossas ladies nos últimos meses. De espalhafatosos eles não têm nada! A elegância os mantém, a seda os torna um evento puro, os finos tecidos fazem o gosto das maiores damas da sociedade, e o acabamento é da mais pura classe.
>
> Assinados por Hemera, eles andam iluminando as noites londrinas por onde quer que passem. O que todos andam se perguntando é qual seria a verdadeira identidade dessa dama que encanta a todos com seus modelos e se esconde por trás do papel?
>
> Seria ela tão bela quanto suas criações? Essa é a pergunta que esta colunista faz no dia de hoje.
>
> Ladies e Sedas, Londres, 02 de Novembro de 1801.

Escutei a carruagem se aproximar. Nataly chegara para sua visita.

Levantei-me, arrumei o vestido e fui até a porta recebê-la.

Com seu sorriso cativante e seus cabelos cor de fogo, ela estava radiante.

— *Ma petite*, como fico feliz em vê-la! — disse, me dando um abraço afetuoso.

Nunca nos víamos, mas trocávamos cartas com frequência e sua amizade era algo que considerava um tesouro de grande valor. Depois de nos acomodarmos na sala de visitas e eu pedir que nos servissem um chá, ela foi a primeira a perguntar:

— Como anda o bebê? Tenho me preocupado ultimamente com você sozinha nesta casa, e agora com um filho no ventre.

— Vou sobreviver... — disse. Seria mentira dizer que ficaria bem. — Quero me mudar desta casa. Preciso me ver livre de George de qualquer forma e vai me fazer bem saber que não necessito mais do seu dinheiro.

— Sabes que não me engana, *ma chérie*. Quer fazer isto na esperança de que seu amado a procure! Quer vê-lo e o ama como uma tola. Mas não vou questioná-la. Tem seus motivos e um filho sempre é um motivo inquestionável. Aluguei uma casa em meu nome! — disse, me estendendo uma chave. — Você me paga os aluguéis. Creio que ficará preservada de fofocas por algum tempo. Mesmo que queira chamar a atenção de seu marido, não será bom para seu filho ter a atenção toda da sociedade sobre vocês.

Assenti.

— Tem razão. Sou grata por tudo que está fazendo. Saiba que pagarei um dia.

Ela abriu um sorriso largo com sua boca coberta por um batom vermelho.

— Tenho carinho por você, *ma chérie*, mas compreenda que não faço caridade e, sim, isso terá um preço, como já disse desde a primeira vez que nos vimos. Mas deixemos isso para a hora devida. Hoje pretendo falar de negócios com você — disse, me surpreendendo.

— Negócios? — perguntei.

— Sim, *ma petite*, negócios. Creio que não saiba exatamente sobre todas as minhas fontes de renda e não conheça a verdadeira Nataly. Não devo te contar toda a história. Levaríamos dias! — gargalhou. — Devo dizer que a *Spret House*, onde você foi leiloada para seu marido, é a casa de jogos mais famosa de Londres. Nela os homens deixam suas fortunas, suas propriedades e suas almas nas mesas de jogos, além dos seus segredos nos fins de noite, nos quartos das prostitutas. O dono da *Spret House* detém mais fortuna hoje que muitos marqueses, barões, duques e condes dessa cidade reunidos.

Peguei as xícaras que a criada tinha acabado de servir e experimentei o chá maravilhoso, da minha erva preferida, enquanto prestava atenção à história que Nataly contava, sem entender o que isso tinha a ver conosco.

— Hoje, *ma chérie, Spret House* é gerenciada por Dom Carlos, um senhor que todos imaginam ser o dono do negócio. Todavia, lady Helena, quem fundou e tornou o clube o que realmente é fui eu.

Engasguei com o chá e comecei a tossir, incapaz de acreditar no que escutava. Ela me olhava com um sorriso audaz no rosto, tomando um gole de chá. Gostava do que causava em mim. Divertia-se com aquilo.

— Não pode ser — comentei quando recuperei a voz. — Como?

— Como disse, é uma longa história que não tenho tempo agora para divagar com você, *ma chérie*. Estou aqui para falar de negócios. A *Spret House* vai passar por mudanças. O clube se tornou pequeno para o que é. As cartas para adesão não param de chegar. Cada dia mais recebemos pedidos de condes, barões, marqueses, empresários, duques, e até o rei, que estão desejosos de pagar fortunas para serem aceitos em nosso clube. Então vamos nos mudar para um novo lugar, amplo e luxuoso. Duas coisas precisam ser acertadas.

— E o que seria? — perguntei curiosa.

— Primeiro, Dom Carlos está velho e cansado. Não quer mais assumir a responsabilidade. Pobre coitado! E, como não confio em ninguém, creio que terei de me casar com arranjo para que esse homem assuma a frente dos negócios por mim, por dinheiro, obviamente, *chérie*. E, a segunda questão: quero sociedades para me ajudar com questões administrativas.

Curiosa, olhei para a mulher à minha frente que se vestia como prostituta, tentava esconder seu sotaque francês, manter a postura de uma dama, mas sua classe não permitia, tinha mais dinheiro do que eu poderia imaginar, e tantos segredos que seus olhos chegavam a ser sombrios.

— Nataly, tudo que me disse já é muito confuso... — disse, deixando a xícara sobre a mesa à nossa frente. — Mas estou mais confusa ainda pensando no porquê estar me contando tudo isso e por que me disse que falaríamos de negócios.

Ela apoiou uma das suas mãos no meu braço, sorrindo.

— Quero você, *chérie*, como sócia.

— O quê? Enlouqueceu, Nataly? — perguntei, pasma.

— Não, *petite*, estou mais lúcida do que jamais estive. Preciso de alguém da nobreza dentro do clube, alguém que saiba me dizer quem são as pessoas importantes, como se vestem, o que comem, suas preferências, as bebidas que devo servir, o charuto que devo comprar, o vestido certo que devo colocar nas damas... Você vai desenhá-los!

Levantei-me do sofá, olhando-a incrédula.

— Nataly, desenho vestidos de baile e não vestidos de prostitutas.

Assim que as palavras saíram da minha boca, soube que a tinha ofendido.

— Você pode desenhar o que eu vou usar. Estou cansada de ser reconhecida a milhas de distância como prostituta. As pessoas não têm ideia de quem sou, *chérie*. Estou te propondo muito dinheiro. E você está aqui, com um filho bastardo, tentando chamar a atenção de alguém que...

Ela parou. Sabia que também me ofenderia. Dei as costas a ela, olhando pela vidraça.

Coloquei as mãos sobre minha barriga. Como poderia entrar nesse mundo com um filho no ventre? Mas era uma oportunidade de trazer George até mim, pensei. Tinha certeza de que ele viria.

— As pessoas não podem descobrir! — disse, me virando. — De forma alguma.

— Não irão. Os homens nunca colocariam os pés em um clube se descobrissem que uma mulher o coordena, *chérie*. Por isso, antes de inaugurá-lo, vou fazer questão de arranjar alguém à altura para ficar à frente dos negócios. Assim como você assina como Hemera, o clube também tem uma fachada. Todos temos muito a esconder — disse sorrindo. — Você, para Londres, é a deusa da luz, não a verdadeira Helena. No fundo, perante os homens, sou Afrodite, a deusa do amor... Cada um tem a faceta que merece, Helena.

Ela parou, perdendo o sorriso.

— Tenho tantos nomes. Gosto de pensar nas deusas. Vamos prometer para os homens os céus. *Spret House: deusas de Londres*. Eles terão bebidas, jogos e mulheres. Nós teremos o dinheiro, as propriedades e o poder.

Ela sorria e seus olhos tinham algo a mais. Como se quisessem punir alguém com seu poder. Isso me assustava e também me alegrava, porque era exatamente o que eu almejava no momento.

— Tem uma sócia — respondi com a audácia que sempre tive. — Quero segredo absoluto. Quando o clube vai inaugurar?

— Deve demorar. Vai ter tempo de gerar seu filho tranquilamente. Preciso fazer todos os ajustes da mudança e o mais complicado, *chérie*, arranjar um marido que seja inteligente o suficiente para enganar a todos, tolo na medida exata para se submeter a uma mulher e, o mais importante, *ma petite*, que aceite se vender a mim.

Assenti com os olhos arregalados. Parecia tão natural para ela essa procura, como se estivesse pensando no vestido que compraria para a próxima temporada. Nataly era uma mulher peculiar, sem dúvida, e de muitas facetas.

— Bom, devo ir. Tenho muitos afazeres. Pode fazer sua mudança amanhã. Tenho criados que irão ajudá-la. Fico muito feliz com nossa parceria, *ma chérie*.

Despedimo-nos e, quando Nataly partiu, fiquei com a sensação de que seguiria um caminho sem volta. E a sensação era maravilhosa. Sentia-me livre, como se pudesse alcançar o mundo.

Estava pronta para atingir George. Sabia que devia deixá-lo para trás. Tinha certeza disso. Mas não se pode seguir sem o coração. O corpo não caminha sem seus batimentos cardíacos. Parecia muito errado, tudo muito errado, mas, para mim, nada parecia tão correto.

Capítulo 36

"Um coração indomado pode até pertencer aos livros, às peças teatrais as quais assisto com tédio. Mas, para os meros mortais que domam cavalos e damas impulsivas, como não controlar algo que pulsa dentro do seu próprio peito?"

(Anotações de George, Paris, 1778.)

GEORGE

O dia amanheceu como todos os outros. Sem graça, sem cor e barulhento. Esse, particularmente, começou mais barulhento que os demais, com uma carruagem se aproximando. Estranhei. Levantei da cadeira do escritório e espiei pela vidraça.

Meu coração quase saiu pela boca quando reconheci minha própria carruagem, que deixei à disposição na casa em que Helena estava hospedada, encostando em frente ao castelo.

Saí em disparada com os pensamentos fervilhando. Ela estaria passando mal? Queria-me de volta? Diria que não estava grávida e tudo ficaria bem?

Deus, sentia tanto sua falta. Estava morto por dentro sem ela.

Abri a porta de casa desesperado e, em seguida, a da carruagem, antes que alguém pudesse descer, mas tudo que encontrei foram duas criadas, um lacaio e alguns poucos pertences.

— Alguém pode me dizer o que isso significa? — disse rudemente em voz altiva.

Todos se encolheram e me olharam assustados.

— Desculpe, milorde! — o lacaio foi o primeiro a se manifestar. — Não pudemos fazer nada, fomos surpreendidos durante a noite e, quando acordamos esta manhã, a casa já estava vazia e tudo que encontramos foi um bilhete de lady Helena.

Ele me estendeu o papel. Peguei-o com as mãos trêmulas.

> Sei que sou um peso. Estou libertando você dessa responsabilidade. Devolvo-lhe os criados, o lacaio e os seus pertences de maior valor.
>
> A partir de hoje, não preciso ser nem mais uma lembrança.
> Helena

Todos me olhavam esperando ordens, mas tudo o que fiz foi pegar o papel e picá-lo em dezenas de pedaços. Voltei para dentro de casa, entrei no escritório e bati a porta com tanta força que os móveis até tremeram.

Olhei para os jornais que mantinha em cima da mesa, dezenas deles. Todos continham notícias da nova e famosa desenhista de vestidos da cidade que assinava como Hemera. Poderia ser uma coincidência? Eu duvidava! Primeiro, porque a mulher desenhava para Marshala, a mesma modista de Helena. Os vestidos começaram a surgir depois que ela partiu, algumas damas passaram a usar preto, e agora Helena tinha dinheiro para se sustentar.

Ou talvez não. E se ela tivesse encontrado outro homem? Só de pensar, senti meu sangue ferver. Eu a tinha deixado livre. Isso poderia ter acontecido. E se por orgulho fosse morar em um lugar perigoso, sem se alimentar direito? Conhecia Helena e sabia que era capaz de tais coisas. E se estivesse doente, indo se tratar no campo?

Tantas coisas rondavam meus pensamentos. Desnorteado, me sentindo incapaz de respirar na casa, pedi que o coche me levasse para um passeio até o Hyde Park. Precisava refletir.

Os últimos meses tinham transcorrido como se eu vegetasse. Abandonei os negócios, as coisas iam de mal a pior, os empregados se cuidavam por conta própria, as propriedades dando prejuízos, minha barba estava por fazer, não saía quase de casa, não encontrava alegria em nada...

A minha luz tinha partido. Entrava na escuridão e tudo tinha perdido o sentido. Achei que com o passar dos dias aquilo se amenizaria, mas estava enganado. A ausência dela era um tormento e cada dia ficava pior. Sentado em um banco no Hyde Park, à beira do lago, olhei para o meu reflexo nas águas.

Fiquei imaginado como teria sido se a tivesse levado para um passeio ali. Tantas coisas que não fiz com ela. Nunca tínhamos ido a uma ópera, a um teatro, a passeios no parque, a viagens...

Passei as mãos pelo rosto, cansado, desnorteado. Tinha sido tão insensato, imaturo, ao planejar tudo de forma tão cruel, me esquecendo completamente que me casaria com outra pessoa, uma mulher doce que roubou meu coração no primeiro sorriso, na verdade, na primeira gargalhada. Detestava ser daquela maneira, cruel, mesquinho como meu pai.

Então, por que sentado nesse banco me sentia como se estivesse olhando para o seu reflexo nas águas? As palavras de Pietro, por fim, faziam sentido. Se Susan estivesse viva, será que ela teria orgulho do irmão que via refletido ali? Não! Ela teria vergonha.

Sequer fui atrás de procurar por sua filha, minha sobrinha, agindo como um covarde, me escondendo como tal.

Deixei que tudo do meu pai se incutisse em mim e, ao invés de me vingar, me tornei seu reflexo, destruindo minha própria vida, a possibilidade de escrever minha história. Continuava escrevendo a mesma dele. A história do duque não terminava. Não fora enterrada com ele.

Olhei ao longe e vi uma mulher carregando nos braços uma pequena criança. Como poderia privar Helena daquilo? Uma criança teria o sangue do meu pai, contudo teria a luz da minha mulher — o amor correria por suas veias: o nosso amor. Ele teria sua língua afiada e provocaria desastres já desde pequeno. Seria o suficiente para uma criança ser feliz?

Eu estava errado. Ela não era o meu fim. Helena era minha salvação.

Só não sabia se ela me perdoaria e nem onde encontrá-la. E se realmente estivesse com outro? E se realmente tivesse desistido de mim?

Tantas coisas poderiam ter acontecidos nos últimos meses...

Sem poder ficar nem mais um segundo longe da minha mulher, saí correndo dali e pedi ao coche que me levasse até a casa de Pietro, que não partira de Londres e continuava se metendo em problemas.

Encontrei-o ainda dormindo e precisei tirá-lo da cama à força, já que provavelmente devia ter bebido até tarde.

— Meu Deus, o que houve? Algum infortúnio logo pela manhã?

— Preciso dos seus favores. Quero que encomende um vestido para dar de presente para uma das suas amantes... — pedi.

Minha esperança era que Hemera fosse realmente Helena. Poderia contratar um detetive para procurá-la, mas isso demoraria dias e eu estava com pressa.

— Ficou louco? Sabes muito bem que não tenho dinheiro e nem tempo para tais luxos! — protestou incomodado.

— Preciso encontrar Helena. Ela partiu de uma das minhas casas esta noite e creio que ela seja lady Hemera, essa tal desenhista de quem tanto se fala nos últimos meses. Precisa me ajudar.

Ele sorriu.

— Sabia que voltaria atrás. Está um trapo, George. Isso não haveria de durar muito tempo. Nesses termos, o ajudarei. Me diga o que devo fazer.

— Vá até a loja de senhorita Marshala e diga que precisa de algo especial. Marque um horário com a desenhista para amanhã. Diga que não aceita a encomenda sem falar com a desenhista. Ofereça muito dinheiro e não diga seu nome. Se for Helena, vai reconhecê-lo. Amanhã, no horário marcado, vou comparecer em seu lugar.

— Bom plano, meu amigo — ele disse me dando um pequeno tapa no ombro. — Recomendo que faça a barba, corte os cabelos e se alimente por um mês. Depois marcaremos a visita.

Gargalhou com seu próprio comentário. Não sorri. Estava sem paciência para brincadeiras.

— Me desculpe, George. Farei o que pediu, mas, pelo amor de Deus, ao menos faça a barba, ou sua mulher pensará que se trata de um mendigo.

— Faça o que pedi e deixe que cuido da minha aparência.

— E se não for ela? — perguntou curioso.

— Encomendarei o vestido e você dará de presente para alguma amante, como o plano inicial.

— Vou torcer por isso! — disse, piscando o olho.

Desta vez eu sorri, sabendo que seu comentário não era sincero. Quando dei as costas para sair, ele me chamou:

— George — seu olhar era compassivo e não tinha o tom de brincadeira de sempre —, vá atrás de sua mulher e enterre o passado dessa vez. Era isso que Susan desejaria e, acima de tudo, é isso que você merece.

Assenti, pela primeira vez sem discordar dele. Quando ele sorriu, erguendo as sobrancelhas como sempre fazia, desejei que um dia pudesse encontrar uma mulher para amar e que os seus fantasmas também fossem enterrados.

Fui para casa me refazer, não só a barba, o cabelo, mas buscar a minha integridade, tudo o que deixei perdido pelos cantos da casa. Durante aqueles meses fui me dissolvendo em um homem que nem sabia onde estava, mas agora, a cada passo que dava rumo a ela, que o encontraria novamente.

Eu só queria abraçá-la. Eu só queria amá-la. Eu só a queria, e meu coração saltava de imaginar que com ela viria mais um. Mesmo que eu tivesse de enfrentar todos os meus medos e abandonar todo o meu passado para que tudo que estivesse sonhando se tornasse realidade.

Paula Toyneti Benalia

Capítulo 37

"Os sonhos nunca contemplam o real. Nos meus diários esqueci de dizer que o amor é surpreendente, que ele é mágico. Ele chegou e superou todos os meus sonhos, porque nada poderia se comparar ao amor do meu duque. Não existem palavras para descrever os sentimentos que vivenciamos. Eu o amo. Infinitamente."

(Diário de Helena, Londres, 1802.)

HELENA

— É uma péssima ideia. Os negócios estão ótimos. Não precisamos disso. Desde o início combinamos que não iria me expor e assim deve ser!

Sentada na pequena sala onde Marshala costurava muitas das minhas criações, nos desentendíamos pela primeira vez. Ela me olhava, irritada, e eu não arredava o pé.

— Combinamos desde o início que o sigilo sobre a minha identidade seria primordial. Não estou te entendendo, Marshala. Quando as prioridades mudaram? — perguntei, cruzando os braços.

Aquela jovem cheia de ideias mantinha a testa enrugada. Seus longos cabelos negros estavam soltos essa manhã. Como ela não receberia nenhum cliente, não se importou em prendê-los.

— Ele garantiu que não vai dizer a ninguém. E, além do mais, se disser, a palavra dele não vai importar. Ele não terá provas. Estamos precisando nos mudar. Olhe para isso! Está ficando impossível trabalhar neste cubículo com tantas encomendas. — Ela levantou as mãos.

Realmente, as encomendas não paravam de chegar. Só no último mês foi preciso contratar mais duas ajudantes e os tecidos se acumulavam em caixas empilhadas por todos os cantos e mesas. Estava ficando impossível atender a todos os pedidos ali.

— Ele jogou no meu rosto um saco de moedas e a escritura de uma propriedade. Isso daria para fazer a mudança com folga. Não podemos ignorar.

Olhei para ela, pensativa.

— Eu não te entendo às vezes, Helena! — bufou irritada. — Quer que George a encontre, assina como Hemera, mas se esconde atrás dos papéis. Deseja ficar à margem de tudo, mas se coloca em uma sociedade no clube mais famoso de Londres. Você só pode ser maluca!

Dessa vez ela sorria e eu também, porque as incoerências da minha vida eram tantas que nem eu compreendia. Apreciava que não estivéssemos discutindo mais. Nos últimos dias passamos a conviver tanto que me afeiçoei àquela jovem de poucas palavras, mas de sorrisos gentis e ideias brilhantes.

— Creio que nem eu me entendo — disse, por fim. — Vamos fazer esse encontro. Apesar de ser estranho, não acha? Esse homem querer me ver pessoalmente e se interessar tanto pelos vestidos que sua amante vai vestir...

— Acho estranho o dinheiro que esses homens gastam com mulheres que não lhes pertencem. Neste caso, não vejo nada de mais ele querer garantir que fique do seu gosto, já que não deve estar acostumado a comprar roupas, como as mulheres... — disse, deixando escapar um leve suspiro.

— Seja como for, vamos marcar esse encontro para amanhã, após o almoço, e aqui na loja. Não devemos marcar com nenhuma outra cliente. Ninguém pode me ver por aqui. E avise-o que mando cortar sua língua se alguém mais souber da minha identidade.

Marshala jogou a cabeça para trás e gargalhou.

— Quem olha para você não imagina que por trás do olhar doce se esconde essa mulher perversa. Você é uma mulher surpreendente. Nunca imaginei que aceitaria minha proposta quando entrei na sua casa aquele dia. George não sabe o que perdeu.

O assunto fez com que se dissipasse a alegria dos meus olhos.

— Devemos deixar alguns tecidos previamente separados para facilitar meu trabalho... — disse, mudando de assunto.

Ela assentiu. Percebeu meu desconforto, porém não comentou. Passamos a tarde organizando a pequena sala bagunçada para poder receber o lorde. Realmente, precisávamos de uma mudança.

— Você não me disse o nome dele... — perguntei quando, exausta, colocava a última caixa dentro do pequeno armário cujas portas quase não fechavam mais de tão abarrotado.

— Apresentou-se como barão de Farolmer. Seu rosto me pareceu familiar, mas não creio ter ouvido esse nome em nenhum outro lugar! — Marshala comentou, pensativa.

— Realmente, não conheço essa família. Mas creio que o que importa é o dinheiro.

Ficamos conversando até mais tarde e, quando cheguei em casa, cansada do trabalho, tomei um banho e fui dormir sem ter muito tempo para pensar. Era assim que fazia nos últimos dias. Era a maneira que tinha para me esconder. Era minha maneira de não pensar tanto nele.

As manhãs sempre eram piores. Acordar sem George era doloroso e olhar minha barriga crescendo, mesmo que bem pouco, e saber que ele nunca veria aquilo, era o meu pior pesadelo.

Coloquei um espartilho mais solto, disfarçando a pequena protuberância que começava a se formar, e escolhi um vestido azul-claro que ficava solto no corpo e não marcava em nada minha cintura. Ninguém sabia da minha gravidez, a não ser Nataly. Não tinha dividido meu segredo com Marshala para não a preocupar em relação aos negócios.

Tínhamos encomendas feitas para as próximas duas temporadas e isso representava trabalho para muitos meses. Pretendia deixar tudo adiantado. Quando meu pequeno nascesse, não pretendia trabalhar tanto, já que queria tempo só para ele.

Olhei o jornal da manhã e bati o olho nas colunas de fofocas. Sempre procurava ver se tinha o nome de George ali, mas com medo de encontrar algo. Sabia que isso não tardaria a acontecer. Sabia também que não estava preparada para isso.

O que me surpreendeu, entretanto, foi uma nota anunciando um noivado. A minha irmã se casaria em breve e, para minha maior surpresa, não era com nenhum marquês, conde, duque ou barão. Era com um comerciante local. Fiquei feliz porque deduzi que ela se casaria por amor. Eu gostaria de acreditar que sim. Ou, talvez minha ruína a tivesse comprometido tanto que tudo o que restara a meu pai era isso ou vê-la solteira pelo resto da vida. O jornal dizia que o bom moço tinha algumas posses e que o casamento com a filha do marquês seria notório na sociedade. Eu sabia, porém, que meu pai pagava por aquela coluna.

Dobrei o jornal e fui para a loja. Tinha que me encontrar com aquele lorde e depois passar o resto do dia com meus desenhos.

Parei em frente à fachada e fiquei observando a pequena vitrine que hoje tinha um vestido lilás exposto. Tinha sido uma das minhas últimas criações e era um vestido simples para caminhar, talvez durante o dia, no Hyde Park. Confeccionado em seda pura e de caimento leve, próprio para o verão.

A loja não estava aberta ainda ao público e, quando entrei, Marshala mexia em alguns papéis sobre a mesa.

— Que bom que chegou. O lorde avisou que deve se adiantar.

— Meu Deus, essa mulher deve ser muito importante para que esses vestidos sejam tão desejáveis! — disse, irritada.

— Creio que não sejam os vestidos, querida, mas o que eles vão proporcionar! — ela respondeu, sorrindo com doçura.

Marshala era sozinha, assim como eu, mas, diferente de mim, nunca tinha se envolvido com ninguém. Não que eu soubesse. Nunca falava de nenhum homem, não comentava a respeito de ninguém, não falava da família... Era sempre sozinha. Na verdade, Marshala era um mistério.

— Quando nos mudarmos, precisamos pensar em um nome para essa loja. Fica estranho olhar essa fachada sem um nome, não acha? — perguntei.

— Sim. Vamos pensar em algo. Quer esperar lá dentro da salinha? Permanecerei cuidando das coisas por aqui e, quando ele aparecer, o levo até lá.

Assenti, peguei meus papéis e caminhei até lá, encostando a porta.

Sentei na única poltrona disponível, para descansar os pés, e aguardei pacientemente o cavalheiro que viria encomendar os vestidos. Lembrei que precisava de mais tinta para os desenhos. Fui até o armário.

Escutei a porta se abrir. Parei e olhei para trás.

Não era um lorde ou um cliente qualquer que encomendou vestidos para sua amante.

Era George. Meu George.

Meu coração deu um pulo. Minha respiração parou, o sangue deixou de circular e acreditei que até mesmo o mundo parou de girar nesse instante.

Não sabia se deveria rir, chorar ou expulsá-lo dali, o que seria a atitude correta. Abaixei as mãos que estavam erguidas no armário tentando me recompor e, por um instante, me permiti observá-lo.

Seus olhos pareceriam fundos e cansados. O seu semblante estava pálido. Não era o mesmo George de meses atrás. Tinha perdido o brilho.

Quando consegui tomar fôlego e me recompor, disse, de forma gélida:

— Creio ter acontecido algum engano. Já pode se retirar.

Ele fechou os olhos por um momento. Em seguida, meneou a cabeça.

— Só me deixe falar uma última vez. Depois...

— Depois o quê? — interrompi-o. — Você vira as costas e decide que quer ir embora de novo? Por favor, não suporto mais!

Meu coração não aguentava nem mais um segundo de sofrimento. Só de olhar para ele, já estava em pedaços novamente e demoraria meses reconstruindo tudo. Meses para me livrar da sua imagem.

— Helena, eu o enterrei! — ele disse.

Balancei a cabeça, sem entender.

— Quando meu pai se foi, fiquei com tanto ódio que guardei tudo dentro de mim. Ódio por mim e pela Susan. Peguei uma caixa, escrevi uma carta, guardei um charuto dele, algumas coisas de Susan e deixei tudo lá e aqui. — Ele deu um soco no seu coração. — Mantive-me preso a essa escuridão por todos esses anos, sem perceber que fiquei amargo e me tornei um reflexo do meu pai. Mas hoje, eu o enterrei. Hoje me livrei do passado, Helena. Hoje ele se foi. Eu não enterrei meu pai no dia em que ele morreu. Eu só o enterrei hoje. Ainda tenho raiva dele, mas não quero que ele tenha influência em mais nada na minha vida.

Seus olhos brilhavam pelas lágrimas acumuladas.

— Não tem problema sentir raiva das pessoas, George. O problema é sentir raiva de si mesmo. Acho que se culpa por não ter conseguido salvar Susan.

O DIA EM QUE TE AMEI

Dessa vez, as lágrimas saltaram sem reserva. Ele as limpou com as costas da mão, envergonhado.

— Deveria ter feito alguma coisa. Poderia ter tentado bater naqueles homens, gritado mais, talvez. Eu não sei...

— Meu Deus, George, você era uma criança! O que poderia fazer?

— Eu não sei! — Ele abriu os braços, inconformado. — Poderia tê-la procurado mais antes que ela morresse, poderia ter tentado tantas coisas que não fiz. Só sei que preciso enterrar tudo isso e seguir em frente. Eu perdi Susan, mas não posso perder você. Sei que não está grávida e, se puder acreditar em mim, lamento muito por isso.

As palavras me pegaram desprevenida e precisei me apoiar no armário ao meu lado. Ele não tinha como ver a barriga que crescia. Eu a mantinha escondida.

Fui tomada por uma emoção sem tamanho sabendo que ele desejava aquela criança que crescia no meu ventre.

— Não quero um filho seu, quero vários! Quero uma família, quero toda a sua luz irradiando na minha vida, quero sua gargalhada escandalosa nos meus ouvidos, o seu cheiro constante sendo minha companhia, quero seu abraço pela manhã... Eu quero tudo de você. E quero os pequenos, que virão cheios do seu amor, ao meu redor todas as manhãs da minha vida, Helena!

Tinha súplica, tinha amor na sua voz.

— George... eu...

— Não! — ele me interrompeu. — Não diga não. Sei que errei com você, sei que não mereço nada seu, mas me deixe provar, me deixe, minha Hemera? Vou curar todas as cicatrizes do seu coração e vou beijar todas as do seu corpo por todos os dias da minha existência. Não tenha medo, porque estou aqui e, desta vez, não vou estragar as coisas, estou me dando por inteiro, Helena. Não sou o duque, George Misternham, lorde, milorde... sou simplesmente o seu marido, o marido da Helena.

Dessa vez foram meus olhos que transbordaram ao ver aquele homem cheio de orgulho, cheio de si, se entregando completamente ao amor que sentia por mim. Sim, eu era toda dele. Não existia Helena sem o seu duque, sem o seu marido, não mais. Voei nos seus braços porque era ali o meu lugar, não existia sentido na luz sem escuridão.

Capítulo 38

"Aprendi a abrir mão de tudo por amá-la e aprendi que nada me fazia mais feliz. Aprendi que só era feliz se ela também fosse. E aprendi, principalmente, que orgulho não importa, no fim das contas."

(Anotações de George, Londres, 1802.)

GEORGE

A vida inteira soube exatamente que o sentido da minha vida era a vingança. E, agora, olhando a minha mulher, tive a certeza de que o sentido do meu mundo era ela, não mais a vingança.

Eu desistiria de todas as minhas convicções se fosse necessário, abriria mão do meu título e até das minhas riquezas por ela, porque a minha maior riqueza e minha maior nobreza residiam nela.

Afaguei seus cabelos e respirei fundo, sentindo todo seu perfume. Era como se não tivesse respirado nos últimos meses. Acariciei o seu rosto, me demorando em ver como era linda. Então, encostei meus lábios nos seus, matando a saudade do seu sabor, tentando me conter, pois a saudade era imensa e desejava tomar tudo dela, todo o seu corpo.

— Me diga que continua me amando? — sussurrei com os lábios colados aos seus. — Que não estraguei tudo?

— Nem que me traísse, me abandonasse e morresse mil vezes para deixar de te amar, George! — ela declarou.

— Fale de novo... — pedi e a tomei em outro beijo, até que nós dois perdêssemos a respiração.

— Eu te amo, meu amor! — ela disse de novo, desta vez acariciando o meu rosto, emocionada. — George, preciso saber... realmente quer ser pai?

As palavras não me pegaram de surpresa desta vez. Sabia do seu receio. Tinha sido um canalha tantas vezes que não seria fácil Helena confiar em mim, mas estava disposto a ser paciente e mostrar a ela que desta vez seria diferente.

— É tudo que desejo. Quero vê-la feliz e se isso a fará feliz, me fará também. Além do mais, imagine ver uma cópia de você gargalhando ou um menino teimoso que tenha seu gênio? Que Deus nos ajude.

Seus olhos brilharam e as lágrimas, que já estavam secando, voltaram a brotar.

— Não vai precisar esperar, meu amor... — Ela sorriu, deslizando a mão até sua barriga. — Já carrego um filho nosso em meu ventre.

Pude sentir exatamente quando meu coração parou de bater por alguns instantes e o mundo deixou de existir, resumindo-se à sensação de tocar as mãos dela sobre sua barriga. Era um misto de sensações inexplicáveis: emoção, ternura, amor, receio e medo. Sim, estava extasiado pela notícia, mas também com medo.

Quando recuperei a respiração e meus batimentos cardíacos normalizaram, me abaixei e abracei seu corpo, beijando sua barriga. As palavras ainda faltavam, mas me sentia completo.

Sabia que tinha um longo caminho pela frente, que o medo me faria duvidar em muitos momentos da minha capacidade de amar, que ficaria tentado a olhar para trás em outros, mas estava ali, abraçando minha maior riqueza e, por ela, daria a minha vida. Por eles, eu iria conseguir.

— Vou tentar ser um bom pai — disse, me levantando, beijando seus lábios novamente, sem me conter, porque o amor que sentia por essa mulher era imensurável. — Não vou ser o melhor, longe disso, mas vou dar o meu melhor.

Sequei suas lágrimas e ela sorriu lindamente.

— Você será o melhor pai, George; pra mim, você o será porque vai amá-lo, vai se livrar de tudo como está fazendo agora, porque é isso que você faz: deixa tudo por amor. Você é generoso, tem o coração mais aberto ao amor que já conheci e será um pai maravilhoso, tenho certeza disso. Vamos aprender juntos, vamos superar nossos passados juntos...

— Será que posso te levar para casa agora? — perguntei receoso. — Preciso de tudo de você nesse instante e não suporto mais a sua ausência.

— Creio que preciso dar satisfações à Marshala — disse, com cumplicidade. — Esperávamos fechar uma grande negociação esta tarde e tínhamos planos mirabolantes para o dinheiro e a propriedade que foi prometida em troca dos vestidos, por seu cúmplice.

— Ah, Vandik, sempre exagerado... Tinha dito para ele oferecer dinheiro em troca de um vestido. Ele reservou a tarde e chegou a colocar uma das minhas propriedades em jogo... Afinal, o que está fazendo aqui, Helena? Sabe que não a desampararia!

No mesmo segundo me arrependi das minhas palavras e, antes que ela dissesse alguma coisa, coloquei meus dedos sobre seus lábios.

— Não, não me diga nada. Sei muito bem o que está fazendo aqui e não esperaria menos de você. Me desafiar, ser dona da sua própria vida e cuidar de si mesma é tudo que poderia fazer. Essa é você.

— Sim, essa sou eu! — ela concordou, sorrindo. — No entanto, agora tenho uma sócia e você vai, ao menos, pagar para alugar vestidos para mim, senhor Misternham. Afinal, os meus já estão ficando apertados e precisamos de dinheiro para a loja.

Fiz uma careta simulando estar irritado.

— Não tente me enganar. Sei que não está irritado.

— Desde quando desenha vestidos? — perguntei curioso.

— Ficar sentada tanto tempo nos bailes, rejeitada, serviu de algo. Aprendi tudo sobre moda e resolvi usar minhas habilidades para me distrair. Tenho um dom para o desenho que desconhecia e juntei com o bom gosto que desenvolvi ao observar as damas nos bailes.

— Não sabe como fico feliz por ter sido desprezada tanto tempo!

— George! — ela me reprovou, dando um tapinha em meu peito.

— Estava guardada para mim. Não pode me condenar por meu egoísmo.

Beijei a ponta do seu nariz, descendo até os seus lábios. Meus dedos foram chegando até as suas costas e encostei meu corpo no seu.

— Precisamos ir... — sussurrei.

— Sim... Precisamos! — ela concordou, corada.

Ajudei-a a organizar seus papéis e explicar para Marshala os infortúnios da aparição do seu marido. Garanti que manteria a compra e o que fora combinado por Pietro. A pequena fortuna que ele combinou com a dama valia cada libra. Na verdade, toda minha fortuna não tinha valor sem Helena.

Quando entramos na carruagem, parecia que algo ainda a incomodava.

— Deixamos algo para trás com Marshala? — perguntei mantendo suas mãos entrelaçadas às minhas, enquanto sua cabeça estava encostada em meu ombro.

— Não. Acabaremos de acertar o restante na próxima semana. Nada urgente. Sei que é uma afronta trabalhar, mas gosto do que faço — ela disse, afastando seu rosto e me olhando nos olhos — Não vai me privar disso, não é?

— Ainda acha que tenho algum poder sobre você? — perguntei sorrindo. — Achei que já soubesse o suficiente para compreender que o poder está todo em suas mãos, ou esqueceu que a deusa aqui é você? Fique tranquila, minha doce esposa, você não será privada de absolutamente nada.

— Obrigada! — ela respondeu com o sorriso mais largo que eu já tinha visto em seu rosto. — E tem outras coisas que precisa saber antes de me aceitar de volta.

Encostei minha cabeça no apoio da carruagem sabendo que, pelo seu semblante travesso e preocupado, não eram coisas de uma dama, como: "comprei vestidos novos", "quero ir para Paris", "quero um colar novo"; eram coisas estilo Helena — complicadas e escandalosas.

— Quando estive naquele clube, o *Spret House*, na vez que me passei por prostituta, cheguei até lá através de uma amizade imprópria: uma prostituta que contratei para me ajudar a te conquistar e me colocar dentro daquele lugar.

Por todos os meus pecados! Ela estava louca! Até para Helena aquilo era demais. Fiquei sem fala diante de suas palavras e a minha cara deveria estar péssima, pois ela me olhava com espanto enquanto continuava:

— E, nesses meses que ficou fora, foi Nataly quem me ajudou em tudo. Foi ela que me deu apoio, que me alugou uma casa em seu nome para me proteger da sociedade, e quem esteve presente quando você não estava. Ela foi e é uma boa amiga. Agora, Nataly precisa de mim e fizemos uma sociedade.

— Por Deus, Helena! Que sociedade você poderia ter com esse tipo de mulher?

Estava chocado. Sim, quando conheci Helena sabia que ela era um escândalo. Quando me casei com ela, tive certeza. Na convivência, comprovei que era muito maior do que eu imaginava, mas agora eu estava a ponto de atestar sua insanidade escandalosa perante a sociedade, se é que isso existia.

Olhei para suas mãos. Ela mantinha os dedos cruzados, um batendo no outro, sem parar. Estava nervosa. E mordia os lábios.

— Continue... — pedi, antes que eu tivesse um infarto.

— Nataly, ao contrário do que todos pensam, é a verdadeira dona do *Spret House* e vai fechar o clube e reabri-lo em outro lugar, mais amplo e luxuoso. Me disse que lá ela detém dinheiro e poder, como quase nenhum outro homem em Londres.

— Bem que Pietro disse. Sempre achei que aquele lugar fosse regido por Dom Carlos — divaguei. — Bom, mas isso não vem ao caso. O que você tem a ver com isso? Não estou compreendendo aonde quer chegar.

— Nataly quer algumas sócias. E vou ser uma delas!

Se eu tivesse um coração frágil, teria morrido nesse instante. Se ainda desejasse vingança da minha mãe, ela estaria concluída nesse minuto. Se acreditasse que mortos ouvissem, meu pai estaria se remexendo no túmulo. E se tivesse alguma certeza de que Helena conhecia a palavra juízo, imaginaria que ela o teria perdido no dia em que nasceu.

Ela abriu um sorriso tímido de canto de boca e colocou uma mão em cima da minha.

— Sei que a princípio pareceu uma péssima ideia. Também achava. Mas agora não posso voltar atrás. Nataly precisa de mim e devo favores a ela.

— O que devo dizer a você, Helena? — perguntei, perdido e inconformado com aquela situação, mas um pequeno sorriso se formou nos meus lábios.

— Que deve me domar? — ela perguntou, achando graça da minha cara surpresa.

— Creio que devo aprender a andar no seu galope, caindo quantos tombos forem necessários, porque você, amor meu, é um cavalo indomável. E sinceramente? Não acredito que conseguirei domar você, minha deusa!

Epílogo

Há muito tempo não se via um baile tão sofisticado em Londres. A condessa de Loscovis não economizou no bom gosto, nas flores, na boa música e nos convidados de todas as partes da nobreza.

Muitas das damas desfilavam com seus vestidos perfeitos, desenhados por Hemera, que todos sabiam, com a inauguração da nova loja Mademoiselle, que se tratar da duquesa de Misternham.

A maioria das damas não se importava de pagar pequenas fortunas por suas criações, que, juntamente com a insígnia Marshala, vinham fazendo sucesso nas rodas da alta sociedade. E não era só pelos vestidos; era principalmente pelas fofocas. Nunca fora aceitável que uma duquesa desonrasse o marido desta forma: trabalhando! E as más línguas diziam que o casamento dos dois acabaria na ruína.

Não é o que esta colunista pensa; acredito que as damas que o dizem estão, na verdade, com inveja do quadro presenciado no baile, que vou pintar para meus queridos leitores.

Imaginem a cena:

A dama mais bem vestida da festa, chegando em um perfeito vestido lilás, que evidencia seus cabelos castanhos quase dourados e sua gravidez já avançada, fazendo-a parecer um anjo de tão radiante e feliz. Ao seu lado, o duque, de braços dados, fitando-a como se nada mais existisse ao seu redor, como se o mundo se reduzisse à sua mulher: Helena.

Quando entram no salão, as pessoas param para olhar, cochicham, falam mal e, disfarçadamente, dizem que estão infelizes, enquanto os dois sorriem e George toca o ventre da esposa, sem se importar com as convenções do lugar.

Após o jantar, quando a valsa começa, a grande Helena, conhecida por seus escândalos, já tem duas valsas reservadas ao marido, como vem fazendo em todos os bailes. Dançam, trocam sorrisos, olhares, algumas carícias, e todos no salão continuam lançando olhares de inveja, jurando que aquele casal está por um triz. Estão ruindo.

Quando a música para, conversam com os amigos. Escutei de fonte segura que George confidenciou a seu melhor amigo, Pietro Vandik, que nunca esteve tão em paz e feliz. E então se escuta uma gargalhada! A gargalhada de Helena. E o salão, horrorizado, se detém para observar, e ele olha, estufa o peito como se estivesse sem ar, não pisca e abre o maior sorriso do mundo.

Não, não creio que esse seja o olhar de um homem terrivelmente irritado. Não, não creio que esse seja o comportamento de um casal que está em ruínas. Há muitos e muitos anos que não vejo em Londres um amor tão escandalosamente verdadeiro.

Essa é a opinião desta colunista e de todos que estavam no baile, mas que, cobertos por inveja, dirão exatamente o contrário — mesmo na forca.

Não deixem de acompanhar nas próximas colunas a busca do duque de Misternham por uma sobrinha desaparecida. E também sobre a reinauguração de um grande clube para homens na cidade, o Spret House: Deusas de Londres.

Até a próxima, nos vemos em breve!

Ladies e Sedas, Londres, 24 de Abril de 1802.

O DIA EM QUE TE TOQUEI

DEUSAS DE LONDRES
LIVRO 2

Paula Toyneti Benalia

Capítulo 1

"Aprendi muito com os jogos. Aprendi a passar confiança e a não confiar no outro; apostar quando tivesse certeza da vitória e, principalmente, a não envolver meu coração na mesa onde um baralho pudesse ser exposto. Aprendi a olhar nos olhos do adversário e conhecer até o seu íntimo. O medo sempre se estampa antes do final da jogada."

(Diário secreto de Nataly, Londres, 1801.)

NATALY

A casa estava cheia. Era a última noite naquele salão. Depois ficaríamos fechados por alguns meses e reabriríamos em um novo local, que já estava sendo preparado para receber a Spret House.

Dom Carlo também se aposentaria. Estava cansado de ficar por trás daquela vida agitada, das cobranças, de cuidar dos credores, das minhas meninas problemáticas, dos bêbados, dos jogadores... e das minhas vinganças. Estava cansado de tudo e eu não o julgava. Desde que dei início àquele negócio, Dom Carlo começou como um comerciante que fornecia lenhas, depois o velho senhor me protegeu de homens que queriam nos fazer mal e, quando as coisas começaram a melhorar, sempre esteve ao meu lado. Se tinha uma coisa que eu sabia reconhecer era lealdade.

Estava deixando-o partir, mas a casa de jogos precisava de alguém que ficasse à frente. Estávamos em 1803 e não se aceitavam mulheres no comando de nada. Quando o sol se punha, a Spret recebia duques, condes, marqueses, comerciantes, barões e todos os homens ricos e importantes da cidade. Éramos o clube mais famoso de jogos e prostituição. Lá deixavam suas fortunas e seus segredos, em troca, eu lhes dava diversão. Mas precisava de um homem e meu segredo ficaria mantido até a minha morte. Aqueles homens não poderiam saber que havia uma mulher que comandava aquele império ou então tudo desmoronaria.

Naquele mundo, eu era Nataly, uma prostituta, uma lenda. Ninguém saberia dizer quantos homens já tinham passado por minha cama ou não. Muitos diziam que sim, contavam histórias para os seus amigos, inventavam fantasias e aquilo fazia de Nataly a deusa do amor. O que era verdade ou mentira ficaria comigo até a morte, assim como meus segredos da Spret House.

O maior dilema da minha vida eu enfrentava naquele momento: substituir Dom Carlo. Eu não confiaria em mais ninguém. E só tinha uma forma de garantir que não fosse traída: eu precisava encontrar um marido. Um que tivesse cérebro suficiente para controlar meus negócios, dívidas exorbitantes para poder ser comprado, nenhum coração para se colocar na bandeja e escrúpulo algum para aceitar fazer parte deste contrato.

— Tem certeza de que vai se expor esta noite? — Dom Carlo perguntou, preocupado.

Eu sempre ficava à espreita. Minhas aparições eram raras. Como toda lenda, eu pouco era vista.

— Preciso estar atenta. Só eu posso identificá-lo. Conheço todas as fichas, sei de cada dívida que eles têm, as terras que tomei de cada um, seus segredos... mas os conheço por nome. Preciso vê-los jogando, ver suas habilidades. Preciso conhecê-los pessoalmente, se são ardilosos, se têm boa presença. Sabe que preciso de alguém que faça a diferença.

Ele sorriu em compreensão.

Eu tinha investido quase tudo o que eu tinha no novo clube, porque queria fazer a maior fortuna já vista com ele. E não era por dinheiro. Era por vingança! Não era para uma pessoa. Eu odiava a sociedade como um todo e queria destruir um por um que pisasse dentro daquele lugar. Eu ia arrancar os seus segredos, suas riquezas. *Deixar os burgueses de Londres em ruínas, assim como tinham feito com a minha mãe*, pensei, sorrindo, enquanto meu coração sangrava. Eu saí de Paris com aquele propósito!

— Nesta noite deixe todas as mesas livres para as apostas. Quero que todos se endividem. Não coloque limites. Preciso que todos os cavaleiros de Londres fiquem à beira da ruína. Vou estar de olho em cada mesa. Dobre, triplique as apostas! Coloque prostitutas servindo bebidas por conta da casa. Quando eu der a ordem para encerrar, você e os credores farão as negociações com todos, menos com o que eu der sinal. Este será o escolhido, aquele que será o meu marido. Esta noite, Dom Carlo, eu o escolherei. Não tenho outra opção.

Ele assentiu, me deixando sozinha no escritório.

Retoquei meu batom, coloquei uma máscara para disfarçar e não chamar muito a atenção, respirei fundo e pensei nela mais uma vez. Ela nunca me disse o nome da sua família, daqueles que a deixaram em ruína e foram responsáveis por tudo que ela passou. *Mas eu era Nataly e, em breve, seria dona da metade de Londres*, pensei com um sorriso no rosto, não só os bens, mas os segredos seriam meus.

Com aquele pensamento, desci as escadas para o barulho infernal que estava lá embaixo e comecei a analisar mesa por mesa. Dava para ver os tolos que perdiam com facilidade; aqueles que ganhavam por sorte; aqueles que tinham habilidades, mas eu sabia que eram casados; outros que não tinham aparência... até que um me chamou atenção.

Primeiro, por sua beleza. Eu sabia identificar um homem bonito de longe, afinal, esse era o meu mundo.

Jogado de forma despojada na cadeira, diferente de todos os outros cavalheiros do salão, ele não usava gravata por baixo do colete e do terno de corte impecável, o que demonstrava que tinha bom gosto, mas era um libertino nato. Sua camisa tinha dois botões abertos, o que era quase uma afronta para uma dama; não para mim, obviamente. O cavalheiro olhava atentamente para as cartas dispostas na mesa e mantinha as sobrancelhas arqueadas em atenção ao jogo. Notei quando ele, disfarçadamente, olhou rapidamente para todos os rostos dos seus adversários, que estavam com ele sentados ao redor da mesa. Isso era um bom sinal;

ele analisava seus concorrentes. Na sequência, voltou a olhar suas cartas, sem demonstrar qualquer sinal em sua face do que tinha nas mãos.

Afastei-me quando percebi que ele me olhou, paralisando seu olhar por alguns instantes. Não queria chamar sua atenção. Não queria perder o foco, e se tinha algo que faria uma mulher perder o foco era o olhar daquele homem. Era penetrante. Seus olhos eram verde-escuros, quase pretos, pude reparar.

De longe continuei observando-o durante toda a noite. Pude ver quando blefou, ver como era mais esperto que os outros jogadores e quando no final aumentou todas as apostas na certeza de que iria ganhar. Nessa hora, eu precisava que ele perdesse e foi assim que também pude perceber que, acima de tudo, aquele homem era muito esperto, mas tudo se perdia quando via um par de seios.

— *Ma chérie* — chamei Laura, uma das minhas meninas. Era assim que chamava todas as minhas protegidas, as cortesãs que ficavam sob minha responsabilidade e que se tornavam minha família. — Está vendo aquele lorde? — Apontei. — Sirva bebidas a ele e o distraia do jogo. Preciso que ele perca a rodada de pôquer. Faça o que for necessário. Não se preocupe, eu pagarei sua noite, *petit*.

Fiquei olhando e então ela cumpriu seu papel e pisquei para que Dom Carlo, que estava próximo, se aproximasse.

— Quem é o cavalheiro? — perguntei, fazendo sinal com o olhar.

Ele gargalhou, como gostava de fazer sempre que eu estava me envolvendo em encrencas.

— Pietro Caster Fiester Goestela Vandick, sexto conde de Goestela. Perdeu os pais e os dois irmãos em um acidente suspeito e silencioso na infância. Herdou uma fortuna, que destruiu ao longo dos anos com sua vida boêmia e libertina. Hoje acumula dívidas e credores em sua sola do sapato, que se somássemos, chegaríamos até outros continentes. Se está vivo é por sua infinita bondade à alteza. O duque de Misternham que vive lhe emprestando dinheiro e remendando seus machucados. E sua lábia não tem fim. Coleciona amantes, disputa duelos como passatempo e, neste momento — apontou para mesa onde Pietro colocava a mão na testa como eu previa —, acabou de perder uma fortuna na mesa de jogos, acrescentando mais uma quota em suas dívidas, que já são imensas, neste clube.

Sorri imensamente. Ele era tudo de que eu precisava. Sem família, sem passado, sem dinheiro, ardiloso, sem coração, sem escrúpulos, de boa aparência e precisando ser comprado.

— Mande-o subir ao meu escritório. Esta noite, vamos acertar suas dívidas.

Dom Carlo me olhou incrédulo, mas não ousou discutir. Ninguém ousava! Eu já tinha feito a minha escolha. Estava indo fechar meu contrato, fazer minha negociação. A minha vida era sempre um negócio em busca de uma grande justiça. Não tinha espaço para sentimentos no meu mundo.

Caminhei lentamente, subindo as escadas, olhando para trás. Eu via aquele clube que me dava o poder de tudo, aqueles homens que achavam que tinham tanto que, no final da noite, deixavam tudo em minhas mãos: suas riquezas, suas posses, suas terras, seus segredos; e eu os guardava para o dia da minha vingança. Faltava descobrir tudo sobre Susan, tudo sobre minha mãe e, aí sim, eu começaria a detonar todas as bombas como em uma guerra.

No momento, eu precisava me concentrar em meu futuro marido, pensei sorrindo. Pobre homem! Ele não imaginava a guerra em que estava entrando e não sabia que não teria chance. Eu o tinha escolhido e, quando Nataly escolhia, você estava marcado com fogo!

Paula Toyneti Benalia

AGRADECIMENTOS

Escrever um livro é um desafio! Sempre será um desafio, não importa o estilo e a narrativa, mas neste livro cada um deles foi duramente superado.

Sempre fui apaixonada por romances de época. Quem me conhece, sabe do meu amor por esse gênero, por Julia Quinn e por tudo que se passou nos séculos passados. Quando comecei a escrever, queria começar por esse tipo de narrativa, mas sabia que isso iria requerer de mim muito tempo e estudo que, na ocasião, eu não tinha para dispor.

O sonho continuou e foi crescendo. Após publicar cinco livros, chegou o momento em que decidi que não poderia ignorar minha verdadeira paixão. Ainda continuo sem tempo para me dedicar aos estudos; no entanto, essa paixão me fez criar tempo e a passar noite debruçada em livros e pesquisas que fizeram essa história nascer.

E foi assim que a série *Deusas de Londres* surgiu. Afinal, um sonho não caberia em um único livro. E para que isso fosse possível, eu precisei contar com a ajuda e o apoio de pessoas que não são pessoas: são anjos!

A primeira delas é a idealizadora deste projeto, que o abraçou com tanto amor que este livro é todo dela: Roberta Teixeira. Quando enviei os primeiros capítulos de George e Helena, ela foi a primeira a dizer "vai ser sucesso", e esse seu apoio é o que move todas nós, dentro da editora. Você é puro coração, é amor, é união. Muito obrigada por abraçar o livro e por me abraçar dentro da Editora Gift.

Meu amor infinito à Roberta Andrade: você organiza a minha vida literária e dá Coca-Cola pro meu marido, hahaha. Você é a melhor. Cuida de todo mundo, não importa se estamos em duas ou em cem. Carinho é seu sobrenome. Obrigada!

Carol Dias, amor da vida, obrigada por me socorrer sempre, né? Eu encho o saco, e você resolve a minha vida. Te amo, lindeza.

Família doce sabor! Eu não vivo sem vocês nem um minuto! Nem um segundo! Amo mais que chocolate, mais que brigadeiro, amo muito e amo infinitamente. Obrigada!

Caira, você é meu anjo, minha riqueza. Te amo, amiga.

Ma, amiga, como você é paciente comigo, me escutando falar tanto deste livro. Obrigada.

Luísa Soresini, obrigada por me socorrer sempre às pressas. Você sabe que sempre será assim, né?

Meu amor eterno a meus familiares. Pai, mãe, Guto, Pri... eu os amo tanto. Muito obrigada!

Amor, meu marido, minha eterna gratidão, meu amor por você é maior que tudo, obrigada por sua paciência com minhas histórias. Dessa vez escrevi quase tudo em longas jornadas noturnas. Você nunca reclamou. Sei que me ausentei de tantas coisas por isso e você nunca questionou. Você sempre estava lá, me apoiando, em tudo. Eu te amo. Eu te amo. Eu te amo muito!

Deus, obrigada sempre. Você supera meus sonhos.

E a vocês, meus leitores, que estão comigo em todos os livros, muito obrigada. Que este livro seja mais um que possa conduzir vocês ao passado e a grandes reflexões e aventuras. Que Helena traga luz; e George, paixão e abdicação — representando um amor que ultrapassa o tempo, séculos e barreiras, como deve ser —, mas sempre lembrando que, no final, na última página, o amor é que deve prevalecer acima de tudo e ser aquilo que realmente importa.

A The Gift Box é uma editora brasileira, com publicações de autores nacionais e internacionais, que surgiu no mercado em janeiro de 2018. Nossos livros estão sempre entre os mais vendidos da Amazon e já receberam diversos destaques em blogs literários e na própria Amazon.

Somos uma empresa jovem, cheia de energia e paixão pela literatura de romance e queremos incentivar cada vez mais a leitura e o crescimento de nossos autores e parceiros.

Acompanhe a The Gift Box nas redes sociais para ficar por dentro de todas as novidades.

 www.thegiftboxbr.com

 /thegiftboxbr.com

 @thegiftboxbr

 @thegiftboxbr

 bit.ly/TheGiftBoxEditora_Skoob

Impressão e acabamento